COLLECTION
FOLIO CLASSIQUE

Guy de Maupassant

Le Horla

*Édition présentée et annotée
par André Fermigier*

Gallimard

PRÉFACE

Le surnaturel et la peur

Maupassant, le plus réaliste de nos conteurs, fut aussi l'un des écrivains du XIXe siècle qui manifesta le plus d'attirance, de curiosité, d'inquiétude à l'égard des lisières de l'irréel. Grand lecteur d'Hoffmann et de Poe, disciple d'un homme qui avait réuni dans le même recueil « Un cœur simple » et « La Légende de saint Julien l'Hospitalier », il a plusieurs fois dit, ou suggéré, le risque d'appauvrissement que connaîtrait une littérature qui se limiterait au credo naturaliste et cesserait de « rôder autour du surnaturel ». C'est ainsi qu'il écrivit, dans une chronique intitulée « Le Fantastique » que publia Le Gaulois *en octobre 1883, 1883 étant l'année des* Contes de la Bécasse *et surtout d'*Une vie, *où le terre à terre atteint les profondeurs du rien :*

> Lentement, depuis vingt ans, le surnaturel est sorti de nos âmes. Il s'est évaporé comme s'évapore un parfum quand la bouteille est débouchée. En portant l'orifice aux narines et en aspirant longtemps, longtemps, on retrouve à peine une

vague senteur. C'est fini… Dans vingt ans, la peur
de l'irréel n'existera plus même dans le peuple
des champs. Il semble que la Création ait pris un
autre aspect, une autre figure, une autre significa-
tion qu'autrefois. De là va certainement résulter la
fin de la littérature fantastique.

*En fait, le fantastique connaîtra encore de beaux
jours pendant la survie que lui accordait Maupassant, même si les névrosés « fin de siècle » et les hystériques de la Salpêtrière prennent alors le pas sur
les sorcières de jadis, même s'il s'agit désormais de
dérèglement subi ou provoqué de tous les sens plutôt que des « croyances naïves et enfantines qui servaient à expliquer l'inconnu ». L'anormal remplace
le surnaturel mais, et ce n'est plus seulement de littérature qu'il s'agit, certains regrettent encore ou refu-
sent que l'on dépeuple l'imagination des hommes »
en « levant les voiles de l'inconnu ». Et cela d'autant plus que les antiques terreurs ranimées par le
romantisme ne sont pas tout à fait mortes, que la
« croyance » n'est plus là pour apaiser l'angoisse
et que certains êtres, Maupassant en tout premier
lieu, éprouvent comme une expérience constam-
ment vécue la présence de ces « passants surnaturels » dont parle le héros d'une de ses nouvelles, de
cet « Invisible », de cet « inconnu qui est derrière le
mur, derrière la porte, derrière la vie apparente ».*

La folie est un ailleurs

*Inséparable compagne, mère et fille de la peur, la
folie occupe une place considérable dans l'œuvre*

de Maupassant, comme en témoignent les titres de certaines de ses nouvelles (« Fou ? », « Un fou ? », « Lettre d'un fou », « Un fou ») et les divers cas d'aliénation ou de délire qu'exposent, entre autres récits, « Auprès d'un mort », « Lui ? », « Apparition », « La Main », « La Chevelure », « La Petite Roque », « Madame Hermet », « Moiron », « Qui sait ? » et, bien sûr, « Le Horla ». Tout y passe, depuis le magnétisme jusqu'à la nécrophilie, depuis l'hallucination par la drogue jusqu'au meurtre sadique et gratuit, celui du magistrat d'« Un fou » qui tue d'abord un oiseau, puis un enfant, puis un pêcheur rencontré par hasard et qui se donne le plaisir suprême de faire condamner et de conduire à la guillotine l'innocent accusé de ce dernier crime :

> Comme c'est beau de voir trancher la tête d'un homme ! Le sang a jailli comme un flot, comme un flot ! Oh ! si j'avais pu, j'aurais voulu me baigner dedans. Quelle ivresse de me coucher là-dessus, de recevoir cela dans mes cheveux sur mon visage, et de me relever tout rouge, tout rouge !

Quels que soient les rapprochements que l'on a pu faire des « Contes cruels et fantastiques[1] » avec Huysmans, Jean Lorrain, Catulle Mendès, tant d'autres, il serait difficile de trouver violence aussi morbide, égal délire de perversité chez les contemporains de Maupassant, même si la folie est à la mode dans les deux dernières décennies du siècle,

---

1. Selon le titre donné par Marie-Claire Bancquart : Maupassant, *Le Horla et autres contes cruels et fantastiques*, édition de M.-C. Bancquart, Garnier, 1976.

*qui furent l'époque des grands aliénistes, de Charcot
en particulier dont les* Leçons sur les maladies du
système nerveux *parurent en 1885, un an avant la
première version du « Horla ». Maupassant a vrai-
semblablement lu l'ouvrage et nous savons qu'il fut
un auditeur assidu, de 1884 à 1886, des cours que
Charcot donnait à la Salpêtrière.*

*Un auditeur assidu mais imparfaitement
convaincu et même assez ironique, si l'on en juge
par ces lignes parues dans une chronique de* Gil
Blas, « Une femme », *le 16 août 1882 :*

> Nous sommes tous des hystériques, depuis que
> le docteur Charcot, ce grand prêtre de l'hystérie,
> cet éleveur d'hystériques en chambre, entretient à
> grands frais dans son établissement moderne de la
> Salpêtrière un peuple de femmes nerveuses aux-
> quelles il inocule la folie, et dont il fait, en peu de
> temps, des démoniaques.

*La remarque est d'autant plus désobligeante que,
si dans ses cours en effet à grand spectacle Charcot
produisait des hystériques, ce n'était pas pour leur
« inoculer la folie » mais pour les traiter par l'hypnose, procédé thérapeutique analogue en son prin-
cipe à ceux dont usaient les sorciers et les prêtres
de jadis pour délivrer les « possédés ».*

*Quoi qu'il en soit, si concerné qu'il ait pu être par
les troubles mentaux sur le plan personnel et familial
(son frère Hervé est interné l'année de la publication du « Horla »), Maupassant a toujours mani-
festé une grande réserve à l'égard des aliénistes, à tel
point qu'on a pu voir en lui un lointain ancêtre de*

l'antipsychiatrie[1]. *Cette réserve, on peut l'attribuer au scepticisme, à la crainte d'avoir à affronter sa propre angoisse ou de tomber entre les mains ô combien redoutables ! de spécialistes hier comme aujourd'hui souvent assez peu rassurants. Mais elle recouvre un sentiment plus profond, plus étrange : Maupassant aimait la folie. Non par snobisme, comme ce fut le cas entre les deux guerres, en particulier chez les surréalistes. Il aimait la folie comme Baudelaire aimait son Icarie et sa mer des Ténèbres, comme on peut aimer l'autre sommeil, le poison délicieux qui vous tue, l'être qui vous perd, le rivage où « Nos Pylades là-bas tendent leurs bras vers nous ». Maupassant a fait précéder l'histoire de « Madame Hermet » d'un éloge de la folie qui, malgré quelques naïvetés d'expression, paraît être au cœur de sa sensibilité, comme elle renvoie à toute l'atmosphère d'une époque excédée d'intelligence réductrice et de morne vérité :*

> Les fous m'attirent [...]. Pour eux l'impossible n'existe plus, l'invraisemblable disparaît, le féerique devient constant et le surnaturel familier. Cette vieille barrière, la logique, cette vieille muraille, la raison, cette vieille rampe des idées, le bon sens, se brisent, s'abattent, s'écroulent devant leur imagination lâchée en liberté, échappée dans le pays illimité de la fantaisie, et qui va par bonds fabuleux sans que rien l'arrête. Pour eux tout arrive et tout peut arriver [...]. Eux seuls peuvent être heureux sur la terre car, pour eux, la Réalité n'existe plus. J'aime à me pencher sur leur esprit vagabond, comme on se penche sur un gouffre où

---

1. Ainsi Marie-Claire Bancquart, *op. cit.*, p. XXII.

bouillonne tout au fond un torrent inconnu, qui
vient on ne sait d'où et va on ne sait où.

*On regarde le torrent mais on ne cherche pas
à savoir d'où il vient et où il va. La folie n'est
pas pour Maupassant une maladie que l'on peut
essayer de comprendre et de soigner. Elle n'est pas
une diminution de l'être, mais un autre état, une
alternative qui ouvre une porte vers un ailleurs,
un en-soi rebelle à toute analyse. Mme Gervaisais, dans le roman des Goncourt, devient folle
du fait de la religion, d'un confesseur tortionnaire,
de l'atmosphère empoisonnée du baroque romain.
Pour Zola, la folie est liée au sang corrompu des
Rougon-Macquart et s'accomplit dans la crise de
delirium tremens provoquée par l'imprégnation et
l'hérédité alcooliques. Rien de tel chez Maupassant
et la brièveté du conte (toute l'histoire du « Horla »
tient en quatre mois) lui permet de ne pas s'étendre
sur les premiers symptômes, les progrès du mal,
de le décrire seulement dans sa phase ultime, dans
l'explosion meurtrière qui conclut une évolution
insoupçonnée.*

« Le Horla », le conte et la nouvelle

*L'histoire commence assez bien, surtout dans la
seconde version, celle du recueil. « Quelle journée
admirable ! J'ai passé toute la matinée étendu sur
l'herbe », écrit au début du conte la future victime
du plus maléfique des passants surnaturels qu'ait
évoqués Maupassant. « J'aime ce pays, et j'aime y
vivre parce que j'y ai mes racines, ces profondes*

et délicates racines, qui attachent un homme à la terre où sont nés et morts ses aïeux [...]. J'aime ma maison où j'ai grandi. » Une maison d'où l'on aperçoit « *à gauche, là-bas, Rouen, la vaste ville aux toits bleus sous le peuple pointu des clochers gothiques* », avec, le long du jardin, « *la grande et vaste Seine, qui va de Rouen au Havre, couverte de bateaux qui passent* ».

Ce jour-là, c'est le 8 mai, « *après deux goélettes anglaises, dont le pavillon rouge ondoyait sur le ciel, venait un superbe trois-mâts brésilien, tout blanc, admirablement propre et luisant. Je le saluai, je ne sais pourquoi, tant ce navire me fit plaisir à voir* ». Le malheureux ne sait ni ce qu'il fait ni ce qui l'attend, puisque le grand vaisseau blanc transporte un passager autrement redoutable que les pestiférés de jadis : le *Horla* qui en quelques semaines va faire de lui, malgré ses « *profondes et délicates racines* », un incendiaire et un fou.

Ce Horla, qui est-ce ? Le passant surnaturel de Maupassant lui-même ? Son double ? Son vampire, comme disait Baudelaire, ou son surmoi, comme l'on nous dit que nous en avons tous un, plus ou moins maléfique, homicide et castrateur, mais toujours présent ? Nous verrons. Le nom, d'abord. Parmi toutes les explications plus ingénieuses que convaincantes qui ont été proposées, retenons la plus simple : le Horla, c'est celui qui est hors-là, hors de notre monde et de ses lois, l'inconnu, la présence à la fois irréfutable et insaisissable qui révèle un ailleurs impossible à définir. Un ailleurs qui n'est pas celui des « *sorcières de jadis* », des spectres, des revenants, de tout ce qu'ont inventé la peur ou le remords des vivants, de tout ce qu'a rassemblé l'immémorial folklore du négatif. Mais un ailleurs qui est au-dessus et au-devant de nous. Bref, le Horla est une sorte d'extraterrestre et le récit relève de ce que nous appelons aujourd'hui la science-fiction.

C'est surtout vrai de la première version, celle qui a la forme d'un conte[1], la seconde étant écrite comme une nouvelle. Le narrateur, « le plus célèbre et le plus illustre des aliénistes », y expose, sans prendre parti, le cas d'un malade assiégé par un être invisible qui boit le lait et l'eau préparés pour la nuit dans sa chambre, cueille devant lui une rose, feuillette un livre, etc. En dehors de certains détails, que Maupassant reprendra dans la seconde version et qui donnent l'impression d'une expérience vécue, tout cela n'est pas particulièrement neuf. Depuis l'Histoire véritable *que Lucien composa au deuxième siècle de notre ère jusqu'à* l'Histoire comique des États et Empires de la lune *de Cyrano de Bergerac, depuis les utopies de la Renaissance jusqu'à* La Guerre des mondes *de H. G. Wells et à la fameuse émission radiophonique d'Orson Welles qui provoqua la panique aux États-Unis à la fin des années 1930, les textes sont innombrables pour nous dire que la vie n'est pas le privilège de la terre et qu'il existe sur d'autres planètes des êtres animés auxquels peut prendre un jour la fantaisie de venir nous rendre visite et de s'emparer de nos royaumes. À l'époque même, s'il est peu probable que Maupassant ait eu connaissance de l'*Étude sur les moyens*

---

1. On trouvera cette première version dans le Dossier, p. 73.

de communication avec les planètes *de Charles Cros*[1], *il a sans doute lu les ouvrages de vulgarisation astronomique de Camille Flammarion, en particulier* La Pluralité des mondes habités, *et lui-même écrira, peu après* « Le Horla », *un conte,* « L'Homme de Mars », *dont les vertus d'anticipation ne le cèdent en rien à celles que manifestent les Martiens de nos bandes dessinées.*

C'est bien ce qu'est le premier « Horla » : *l'ébauche d'un roman d'anticipation autant que la description d'un cas de névrose hallucinatoire. Dans les dernières pages du conte, le* « fou » *annonce la fin du règne de l'homme et s'écrie :*

> Donc, Messieurs, un Être, un Être nouveau, qui sans doute se multipliera bientôt comme nous nous sommes multipliés vient d'apparaître sur la terre [...]. Qui est-ce ? Messieurs, c'est celui que la terre attend, après l'homme ! Celui qui vient nous détrôner, nous asservir, nous dompter et se nourrir de nous peut-être, comme nous nous nourrissons des bœufs et des sangliers. Depuis des siècles, on le pressent, on le redoute et on l'annonce ! La peur de l'Invisible a toujours hanté nos pères. Il est venu.

Et à qui lui objecterait que l'on ne peut accorder crédit à ce que l'on ne voit pas, le fou répond par

---

1. Le rapprochement est suggéré par Louis Forestier dans la notice du « Horla » (Bibl. de la Pléiade, t. II. p. 1621). On trouvera le texte de Cros dans l'édition des *Œuvres complètes* de Charles Cros et Tristan Corbière, Bibliothèque de la Pléiade, 1970, p. 510-525. On peut également penser au délicieux « Sonnet astronomique » du même Cros (*ibid.*, p. 124).

*avance (l'idée est fréquente chez Maupassant) que,
l'œil étant un organe si imparfait « qu'il peut distinguer à peine ce qui est indispensable à son existence », il n'y a rien d'étonnant « à ce qu'il ne voie
pas un corps nouveau à qui manque sans doute
la seule propriété d'arrêter les rayons lumineux ».
« Apercevez-vous l'électricité ? Et cependant elle
existe ! »*

*L'argument est surtout à l'usage des femmes
du monde que Maupassant fréquentait un peu
trop assidûment et, dans la seconde version du
« Horla », il s'est moins attaché aux effets assez
faciles de l'anticipation qu'il n'a cherché à obser-
ver de façon presque clinique le désastre de la folie
chez un être au point de départ parfaitement sain,
placide et équilibré[1]. Écrit à la première personne
sous la forme d'un journal soigneusement daté, le
récit y gagne en intensité, en progression drama-
tique, en vraisemblance aussi : la contagion qui se
manifeste dans l'entourage de la victime est rappor-
tée par celle-ci, que nous ne sommes pas obligés de
croire, alors que dans la première version elle était
constatée par un médecin, donc en quelque sorte
authentifiée, privée ainsi de ce minimum d'équi-
voque sans lequel il est bien difficile, surtout pour*

---

1. La folie passant en général pour une spécialité russe, il
est tentant de rapprocher les fous de Maupassant de leurs
congénères slaves, tels qu'ils apparaissent chez Gogol et chez
Dostoïevski, ainsi dans *Crime et châtiment* ou dans le mer-
veilleux *Double*. D'autant que, comme le remarque Louis Forestier, certains de ces textes étaient déjà traduits à l'époque du
« Horla » et que Maupassant avait pu en entendre parler par
Tourgueniev. Mais rien ne prouve qu'il les ait lus.

un lecteur français, d'adhérer pleinement au fantastique.

La plupart des épisodes du conte ne s'en retrouvent pas moins dans la nouvelle : le régime lacté du Horla, le miroir dans lequel on n'aperçoit plus sa propre image (ce thème apparaît déjà dans la « Lettre d'un fou » de 1885), la rose que cueille sur sa tige une main invisible, le livre dont la même main tourne les pages, l'aimable « Nuit de mai » devenue d'une version à l'autre le sans doute moins attrayant « grand traité du docteur Hermann Herestauss sur les habitants inconnus du monde antique et moderne ». Bien qu'il soit plus court, le conte introduit une accalmie de quelques semaines dans la névrose (ou la psychose) que la nouvelle nous montre poursuivant implacablement son chemin malgré les efforts du héros pour échapper à la maison maudite et à son abominable visiteur. Il se promène dans les bois, va à Rouen, à Bougival, un des hauts lieux du naturalisme où le Horla ne doit pas se sentir tellement à l'aise. « J'ai été dîner à Bougival, puis j'ai passé la soirée au bal des canotiers [...]. Croire au surnaturel dans l'île de la Grenouillère serait le comble de la folie... mais au sommet du mont Saint-Michel ?... mais dans les Indes ? » Si le temps manque au malheureux narrateur pour aller à la découverte des Indes, il fait « une excursion charmante » au Mont-Saint-Michel d'où il dit revenir « guéri » (l'endroit est en effet très salubre en dehors de la saison touristique), bien qu'il y ait rencontré un vieux moine qui lui conte « des histoires, toutes les vieilles histoires de ce lieu, des légendes, toujours des légendes ». « Y

croyez-vous ? » lui demande-t-il. Et le moine mur-
mure : « Je ne sais pas. »

Deux épisodes nouveaux : celui de l'incendie
final de la maison, d'autant plus impressionnant
que, si le fou croit y avoir enfermé le Horla, il y a
surtout oublié ses domestiques. Et le séjour à Paris
qui permet à Maupassant d'évoquer un sujet qui
lui était particulièrement cher : le magnétisme et
l'hypnose. L'hypnose que Charcot avait si bien mise
au goût du jour qu'une note de l'édition Conard
des Œuvres complètes *précise que « dans le cours*
des années 85, 86, 87, parurent plus de soixante
ouvrages sur la névrose, l'obsession, l'hypnotisme
et la suggestion[1] *».*

Folie écrite ou folie vécue ?

« Le Horla » n'est pas pour autant (ou pas seu-
lement) un livre à la mode et Maupassant donne
l'impression de s'y être si profondément engagé
qu'on ne peut pas ne pas se demander si ce n'est
pas sa propre histoire, sa propre angoisse qu'il
a voulu raconter ou exorciser. Mais comment
répondre à cette question ? Les témoignages sont
tellement contradictoires. La folie est une des
constantes de l'imagination littéraire de Maupas-
sant, nous l'avons dit, et nous connaissons de
façon assez précise les symptômes et les progrès
du mal, conséquence, paraît-il, d'une syphilis mal

---

1. Le magnétisme figure déjà dans le *Dictionnaire des idées reçues* et, pour l'hypnotisme et la suggestion, on peut se reporter au désopilant chapitre VIII de *Bouvard et Pécuchet*.

*soignée (y avait-il, à l'époque, des syphilis « bien
soignées » ?), qui devait le conduire à l'internement
et à la mort au terme d'une complète déchéance
physique et intellectuelle. Lui-même a souvent
parlé de son vampire, de son double. Mais dans les*
Souvenirs *de son domestique, François Tassart, on
peut lire ceci :*

> J'ai envoyé aujourd'hui à Paris le manuscrit du
> « Horla » ; avant huit jours, vous verrez que tous
> les journaux publieront que je suis fou. À leur
> aise, ma foi, car je suis sain d'esprit, et je savais
> très bien, en écrivant cette nouvelle, ce que je fai-
> sais. C'est une œuvre d'imagination qui frappera
> le lecteur et lui fera passer plus d'un frisson dans
> le dos, car c'est étrange.

*Maupassant savait en effet très bien ce qu'il fai-
sait en écrivant « Le Horla » dont la maîtrise de
composition et d'écriture (même au sens le plus
littéral, celui du manuscrit) dit un homme parfaitement lucide et maître de ses moyens. Les fous
ont en général fort peu de talent et, si l'on tenait
absolument à faire intervenir la folie dans cette
histoire, on pourrait dire qu'au moment où Maupassant écrit « Le Horla » il a peut-être déjà « senti
passer » sur lui « le vent de l'aile de l'imbécillité »,
mais que « Le Horla » est l'œuvre d'un homme qui
oublie sa folie pour inventer le personnage d'un fou
ou invente le personnage d'un fou pour oublier et
conjurer sa crainte de la folie, ce qui fut le cas de
Dostoïevski mais non de Gogol, que la littérature
n'empêcha pas de piquer du nez au fond de la mer
des Ténèbres. Et, pour en finir avec le problème du*

rapport entre la folie vécue et la folie écrite, imagi-
née, on peut remarquer que la peur de l'inconnu, de
l'autre, de l'ennemi invisible, apparaît en 1876 avec
« Sur l'eau » et que la plupart des récits fantas-
tiques ont été écrits entre 1883 et 1887, c'est-à-dire
bien avant la tentative de suicide et l'internement
dans la clinique du docteur Blanche. Quant au der-
nier des contes de la folie, « Qui sait ? », composé
en 1890 à un moment où les choses commençaient
à aller vraiment mal, il n'est guère qu'un pastiche
romantique d'assez laborieuse venue.

De toute manière, la folie n'est pas une maladie
simple comme la méningite ou la tuberculose. On
peut la constater, non l'analyser. Il y a autant de
formes de folie qu'il y a de fous et, lorsqu'on a parlé
d'autoscopie et d'hallucination, on n'a rien dit du
cas décrit dans « Le Horla » : l'étiologie d'une psy-
chose qui n'a pas fait l'objet d'une observation
directe est aussi difficile à établir et de résultats
aussi vains que la psychanalyse d'un artiste mort,
quels que soient les témoignages que celui-ci ait
laissés de ses phobies et de ses fantasmes. Il faut
dire encore qu'à l'époque du « Horla » la santé de
Maupassant connaissait déjà de sérieux désordres
(migraines persistantes, troubles oculaires pouvant
aller jusqu'à la cécité momentanée), mais qu'il n'a
communiqué aucun d'entre eux à son personnage.
Le médecin consulté ne lui trouve que « le pouls
rapide, l'œil dilaté, les nerfs vibrants (?) ». Le trai-
tement ? Douches et bromure de potassium. La
médecine dans les contes de la folie brille par une
glorieuse absence ou par une plus glorieuse encore
inefficacité.

*

Il n'y a pas deux Maupassant, comme le voulait Alberto Savinio, le « Maupassant n° 1 », celui de Bel-Ami *et des contes normands, et le « Maupassant n° 2 », qui est progressivement absorbé, dévoré par « l'Autre » et « raconte les très hautes, les singulières aventures que de l'intérieur dicte le locataire noir, l'hôte inspiré et terrible du pauvre Guy[1] ». Le locataire noir était là depuis toujours et s'il a tué l'homme, après lui avoir fait vivre les rapports de fascination et de peur que nous avons essayé de décrire, il a aidé l'écrivain à dépasser l'horizon du boulevard et du pays cauchois pour entreprendre, à sa manière un peu courte et avec des moyens intacts, son voyage au bout de la nuit.*

ANDRÉ FERMIGIER

1. Alberto Savinio, *Maupassant et « l'Autre »*, Gallimard, 1977, p. 68.

LE HORLA

8 mai. — Quelle journée admirable ! J'ai passé toute la matinée étendu sur l'herbe, devant ma maison, sous l'énorme platane qui la couvre, l'abrite et l'ombrage tout entière. J'aime ce pays, et j'aime y vivre parce que j'y ai mes racines, ces profondes et délicates racines, qui attachent un homme à la terre où sont nés et morts ses aïeux, qui l'attachent à ce qu'on pense et à ce qu'on mange, aux usages comme aux nourritures, aux locutions locales, aux intonations des paysans, aux odeurs du sol, des villages et de l'air lui-même.

J'aime ma maison où j'ai grandi. De mes fenêtres, je vois la Seine qui coule, le long de mon jardin, derrière la route, presque chez moi, la grande et large Seine, qui va de Rouen au Havre, couverte de bateaux qui passent[1].

À gauche, là-bas, Rouen, la vaste ville aux toits bleus, sous le peuple pointu des clochers gothiques. Ils sont innombrables, frêles ou larges, dominés par la flèche de fonte de la cathédrale, et pleins de cloches qui sonnent dans l'air bleu des belles matinées, jetant jusqu'à moi leur doux et lointain bourdonnement de fer, leur chant d'airain que la brise m'apporte, tantôt plus fort et tantôt plus affaibli, suivant qu'elle s'éveille ou s'assoupit.

Comme il faisait bon ce matin !

Vers onze heures, un long convoi de navires, traînés par un remorqueur, gros comme une mouche, et qui râlait de peine en vomissant une fumée épaisse, défila devant ma grille.

Après deux goélettes anglaises, dont le pavillon rouge ondoyait sur le ciel, venait un superbe trois-mâts brésilien, tout blanc, admirablement propre et luisant. Je le saluai, je ne sais pourquoi, tant ce navire me fit plaisir à voir[1].

12 mai. — J'ai un peu de fièvre depuis quelques jours ; je me sens souffrant, ou plutôt je me sens triste.

D'ou viennent ces influences mystérieuses qui changent en découragement notre bonheur et notre confiance en détresse ? On dirait que l'air, l'air invisible est plein d'inconnaissables Puissances, dont nous subissons les voisinages mystérieux. Je m'éveille plein de gaieté, avec des envies de chanter dans la gorge. — Pourquoi ? — Je descends le long de l'eau ; et soudain, après une courte promenade, je rentre désolé, comme si quelque malheur m'attendait chez moi. — Pourquoi ? — Est-ce un frisson de froid qui, frôlant ma peau, a ébranlé mes nerfs et assombri mon âme ? Est-ce la forme des nuages, ou la couleur du jour, la couleur des choses, si variable, qui, passant par

mes yeux, a troublé ma pensée ? Sait-on ? Tout
ce qui nous entoure, tout ce que nous voyons
sans le regarder, tout ce que nous frôlons sans
le connaître, tout ce que nous touchons sans le
palper, tout ce que nous rencontrons sans le distinguer, a sur nous, sur nos organes et, par eux,
sur nos idées, sur notre cœur lui-même, des effets
rapides, surprenants et inexplicables ?

Comme il est profond, ce mystère de l'Invisible !
Nous ne le pouvons sonder avec nos sens misé-
rables, avec nos yeux qui ne savent apercevoir ni
le trop petit, ni le trop grand, ni le trop près, ni
le trop loin, ni les habitants d'une étoile, ni les
habitants d'une goutte d'eau... avec nos oreilles
qui nous trompent, car elles nous transmettent
les vibrations de l'air en notes sonores. Elles sont
des fées qui font ce miracle de changer en bruit
ce mouvement et par cette métamorphose donnent naissance à la musique, qui rend chantante
l'agitation muette de la nature... avec notre odo-
rat, plus faible que celui du chien... avec notre
goût, qui peut à peine discerner l'âge d'un vin[1] !

Ah ! si nous avions d'autres organes qui accom-
pliraient en notre faveur d'autres miracles, que de
choses nous pourrions découvrir encore autour
de nous !

16 mai. — Je suis malade, décidément ! Je me
portais si bien le mois dernier ! J'ai la fièvre, une
fièvre atroce, ou plutôt un énervement fiévreux,
qui rend mon âme aussi souffrante que mon
corps ! J'ai sans cesse cette sensation affreuse
d'un danger menaçant, cette appréhension d'un

malheur qui vient ou de la mort qui approche, ce pressentiment qui est sans doute l'atteinte d'un mal encore inconnu, germant dans le sang et dans la chair.

18 mai. — Je viens d'aller consulter mon médecin, car je ne pouvais plus dormir. Il m'a trouvé le pouls rapide, l'œil dilaté, les nerfs vibrants, mais sans aucun symptôme alarmant. Je dois me soumettre aux douches et boire du bromure de potassium.

25 mai. — Aucun changement ! Mon état, vraiment, est bizarre. À mesure qu'approche le soir, une inquiétude incompréhensible m'envahit, comme si la nuit cachait pour moi une menace terrible. Je dîne vite, puis j'essaie de lire ; mais je ne comprends pas les mots ; je distingue à peine les lettres. Je marche alors dans mon salon de long en large, sous l'oppression d'une crainte confuse et irrésistible, la crainte du sommeil et la crainte du lit.

Vers dix heures, je monte dans ma chambre. À peine entré, je donne deux tours de clef, et je pousse les verrous ; j'ai peur... de quoi ?... Je ne redoutais rien jusqu'ici... j'ouvre mes armoires, je regarde sous mon lit ; j'écoute... j'écoute... quoi ?... Est-ce étrange qu'un simple malaise, un trouble de la circulation peut-être, l'irritation d'un filet nerveux, un peu de congestion, une toute petite perturbation dans le fonctionnement si imparfait et si délicat de notre machine vivante, puisse faire un mélancolique du plus joyeux des hommes, et un poltron du plus brave ? Puis, je me couche, et j'attends le sommeil comme on attendrait le bourreau. Je l'attends avec l'épouvante de sa venue, et mon cœur bat, et mes jambes frémissent ; et tout mon corps tressaille dans la chaleur des draps, jusqu'au moment où je tombe tout à coup dans le repos, comme on tomberait pour s'y noyer, dans un gouffre d'eau stagnante. Je ne le sens pas venir, comme autrefois, ce sommeil perfide, caché près de moi, qui me guette, qui va me saisir par la tête, me fermer les yeux, m'anéantir.

Je dors — longtemps — deux ou trois heures — puis un rêve — non — un cauchemar m'étreint. Je sens bien que je suis couché et que je dors... je le sens et je le sais... et je sens aussi que quelqu'un s'approche de moi, me regarde, me palpe, monte sur mon lit, s'agenouille sur ma poitrine, me prend le cou entre ses mains et serre... serre... de toute sa force pour m'étrangler.

Moi, je me débats, lié par cette impuissance atroce, qui nous paralyse dans les songes ; je veux crier, — je ne peux pas ; — je veux remuer, — je ne peux pas ; — j'essaie, avec des efforts affreux, en haletant, de me tourner, de rejeter cet être qui m'écrase et qui m'étouffe, — je ne peux pas !

Et soudain, je m'éveille, affolé, couvert de sueur. J'allume une bougie. Je suis seul.

Après cette crise, qui se renouvelle toutes les nuits, je dors enfin, avec calme, jusqu'à l'aurore.

2 juin. — Mon état s'est encore aggravé. Qu'ai-je donc ? Le bromure n'y fait rien ; les douches n'y font rien. Tantôt, pour fatiguer mon corps, si las pourtant, j'allai faire un tour dans la forêt de Roumare. Je crus d'abord que l'air frais, léger et doux, plein d'odeur d'herbes et de feuilles, me versait aux veines un sang nouveau, au cœur une énergie nouvelle. Je pris une grande avenue de chasse, puis je tournai vers La Bouille[1], par une allée étroite, entre deux armées d'arbres démesurément hauts qui mettaient un toit vert, épais, presque noir, entre le ciel et moi.

Un frisson me saisit soudain, non pas un frisson de froid, mais un étrange frisson d'angoisse.

Je hâtai le pas, inquiet d'être seul dans ce bois, apeuré sans raison, stupidement, par la profonde solitude. Tout à coup, il me sembla que j'étais suivi, qu'on marchait sur mes talons, tout près, à me toucher.

Je me retournai brusquement. J'étais seul. Je ne vis derrière moi que la droite et large allée, vide, haute, redoutablement vide ; et de l'autre côté elle s'étendait aussi à perte de vue, toute pareille, effrayante.

Je fermai les yeux. Pourquoi ? Et je me mis à tourner sur un talon, très vite, comme une toupie. Je faillis tomber ; je rouvris les yeux, les arbres dansaient, la terre flottait ; je dus m'asseoir. Puis, ah ! je ne savais plus par où j'étais venu ! Bizarre idée ! Bizarre ! Bizarre idée ! Je ne savais plus du tout. Je partis par le côté qui se trouvait à ma droite, et je revins dans l'avenue qui m'avait amené au milieu de la forêt.

3 juin. — La nuit a été horrible. Je vais m'absenter pendant quelques semaines. Un petit voyage, sans doute, me remettra.

2 juillet. — Je rentre. Je suis guéri. J'ai fait d'ailleurs une excursion charmante. J'ai visité le mont Saint-Michel que je ne connaissais pas[1].

Quelle vision, quand on arrive, comme moi, à Avranches, vers la fin du jour ! La ville est sur une colline ; et on me conduisit dans le jardin public, au bout de la cité. Je poussai un cri d'étonnement. Une baie démesurée s'étendait devant moi, à perte de vue, entre deux côtes écartées se perdant au loin dans les brumes ; et au milieu de cette immense baie jaune, sous un ciel d'or et de clarté, s'élevait sombre et pointu un mont étrange, au milieu des sables. Le soleil venait de disparaître, et sur l'horizon encore flamboyant se dessinait le profil de ce fantastique rocher qui porte sur son sommet un fantastique monument.

Dès l'aurore, j'allai vers lui. La mer était basse, comme la veille au soir, et je regardais se dresser devant moi, à mesure que j'approchais d'elle, la surprenante abbaye. Après plusieurs heures de marche, j'atteignis l'énorme bloc de pierres qui porte la petite cité dominée par la grande église. Ayant gravi la rue étroite et rapide, j'entrai dans la plus admirable demeure gothique construite pour Dieu sur la terre, vaste comme une ville, pleine de salles basses écrasées sous des voûtes et de hautes galeries que soutiennent de frêles colonnes. J'entrai dans ce gigantesque bijou de granit, aussi léger qu'une dentelle, cou-

vert de tours, de sveltes clochetons, où montent
des escaliers tordus, et qui lancent dans le ciel
bleu des jours, dans le ciel noir des nuits, leurs
têtes bizarres hérissées de chimères, de diables,
de bêtes fantastiques, de fleurs monstrueuses, et
reliés l'un à l'autre par de fines arches ouvragées.

Quand je fus sur le sommet, je dis au moine qui
m'accompagnait : « Mon Père, comme vous devez
être bien ici ! »

Il répondit : « Il y a beaucoup de vent, monsieur » ; et nous nous mîmes à causer en regardant monter la mer, qui courait sur le sable et le
couvrait d'une cuirasse d'acier.

Et le moine me conta des histoires, toutes les
vieilles histoires de ce lieu, des légendes, toujours
des légendes.

Une d'elles me frappa beaucoup. Les gens du
pays, ceux du mont, prétendent qu'on entend parler la nuit dans les sables, puisqu'on entend bêler
deux chèvres, l'une avec une voix forte, l'autre avec
une voix faible. Les incrédules affirment que ce
sont les cris des oiseaux de mer, qui ressemblent
tantôt à des bêlements, et tantôt à des plaintes
humaines ; mais les pêcheurs attardés jurent
avoir rencontré, rôdant sur les dunes, entre deux
marées, autour de la petite ville jetée ainsi loin du
monde, un vieux berger, dont on ne voit jamais la
tête couverte de son manteau, et qui conduit, en
marchant devant eux, un bouc à figure d'homme
et une chèvre à figure de femme, tous deux avec
de longs cheveux blancs et parlant sans cesse, se
querellant dans une langue inconnue, puis cessant
soudain de crier pour bêler de toute leur force.

Je dis au moine : « Y croyez-vous ? »

Il murmura : « Je ne sais pas. »

Je repris : « S'il existait sur la terre d'autres êtres que nous, comment ne les connaîtrions-nous point depuis longtemps ; comment ne les auriez-vous pas vus, vous ? comment ne les aurais-je pas vus, moi ? »

Il répondit : « Est-ce que nous voyons la cent millième partie de ce qui existe ? Tenez, voici le vent, qui est la plus grande force de la nature, qui renverse les hommes, abat les édifices, déracine les arbres, soulève la mer en montagnes d'eau, détruit les falaises, et jette aux brisants les grands navires, le vent qui tue, qui siffle, qui gémit, qui mugit, — l'avez-vous vu, et pouvez-vous le voir ? Il existe, pourtant. »

Je me tus devant ce simple raisonnement. Cet homme était un sage ou peut-être un sot. Je ne l'aurais pu affirmer au juste ; mais je me tus. Ce qu'il disait là, je l'avais pensé souvent.

3 juillet. — J'ai mal dormi ; certes, il y a ici une influence fiévreuse, car mon cocher souffre du même mal que moi. En rentrant hier, j'avais remarqué sa pâleur singulière. Je lui demandai :

« Qu'est-ce que vous avez, Jean ?

— J'ai que je ne peux plus me reposer, monsieur, ce sont mes nuits qui mangent mes jours. Depuis le départ de monsieur, cela me tient comme un sort. »

Les autres domestiques vont bien cependant, mais j'ai grand-peur d'être repris, moi.

4 juillet. — Décidément, je suis repris. Mes cau-
chemars anciens reviennent. Cette nuit, j'ai senti
quelqu'un accroupi sur moi, et qui, sa bouche sur
la mienne, buvait ma vie entre mes lèvres. Oui, il
la puisait dans ma gorge, comme aurait fait une
sangsue. Puis il s'est levé, repu, et moi je me suis
réveillé, tellement meurtri, brisé, anéanti, que je
ne pouvais plus remuer. Si cela continue encore
quelques jours, je repartirai certainement.

5 juillet. — Ai-je perdu la raison ? Ce qui s'est
passé, ce que j'ai vu la nuit dernière est tellement
étrange, que ma tête s'égare quand j'y songe !

Comme je le fais maintenant chaque soir,
j'avais fermé ma porte à clef ; puis, ayant soif,
je bus un demi-verre d'eau, et je remarquai par
hasard que ma carafe était pleine jusqu'au bouchon de cristal.

Je me couchai ensuite et je tombai dans un de
mes sommeils épouvantables, dont je fus tiré au
bout de deux heures environ par une secousse
plus affreuse encore.

Figurez-vous un homme qui dort, qu'on assassine, et qui se réveille, avec un couteau dans le
poumon, et qui râle couvert de sang, et qui ne
peut plus respirer, et qui va mourir, et qui ne
comprend pas — voilà.

Ayant enfin reconquis ma raison, j'eus soif de
nouveau ; j'allumai une bougie et j'allai vers la
table où était posée ma carafe. Je la soulevai en
la penchant sur mon verre ; rien ne coula. — Elle
était vide ! Elle était vide complètement ! D'abord,
je n'y compris rien ; puis, tout à coup, je ressentis

une émotion si terrible, que je dus m'asseoir, ou
plutôt, que je tombai sur une chaise ! puis, je me
redressai d'un saut pour regarder autour de moi !
puis je me rassis, éperdu d'étonnement et de peur,
devant le cristal transparent ! Je le contemplais
avec des yeux fixes, cherchant à deviner. Mes
mains tremblaient ! On avait donc bu cette eau ?
Qui ? Moi ? moi, sans doute ? Ce ne pouvait être
que moi ? Alors, j'étais somnambule, je vivais,
sans le savoir, de cette double vie mystérieuse qui
fait douter s'il y a deux êtres en nous, ou si un
être étranger, inconnaissable et invisible, anime,
par moments, quand notre âme est engourdie,
notre corps captif qui obéit à cet autre, comme à
nous-mêmes, plus qu'à nous-mêmes.

Ah ! qui comprendra mon angoisse abominable ? Qui comprendra l'émotion d'un homme,
sain d'esprit, bien éveillé, plein de raison, et qui
regarde épouvanté, à travers le verre d'une carafe,
un peu d'eau disparue pendant qu'il a dormi ! Et
je restai là jusqu'au jour, sans oser regagner mon
lit.

6 juillet. — Je deviens fou. On a encore bu toute
ma carafe cette nuit ; — ou plutôt, je l'ai bue !

Mais, est-ce moi ? Est-ce moi ? Qui serait-ce ?
Qui ? Oh ! mon Dieu ! Je deviens fou ? Qui me
sauvera ?

10 juillet. — Je viens de faire des épreuves sur-
prenantes.

Décidément, je suis fou ! Et pourtant !

Le 6 juillet, avant de me coucher, j'ai placé sur

ma table du vin, du lait, de l'eau, du pain et des fraises.

On a bu — j'ai bu — toute l'eau, et un peu de lait[1]. On n'a touché ni au vin, ni au pain, ni aux fraises.

Le 7 juillet, j'ai renouvelé la même épreuve, qui a donné le même résultat.

Le 8 juillet, j'ai supprimé l'eau et le lait. On n'a touché à rien.

Le 9 juillet enfin, j'ai remis sur ma table l'eau et le lait seulement, en ayant soin d'envelopper les carafes en des linges de mousseline blanche et de ficeler les bouchons. Puis, j'ai frotté mes lèvres, ma barbe, mes mains avec de la mine de plomb, et je me suis couché.

L'invincible sommeil m'a saisi, suivi bientôt de l'atroce réveil. Je n'avais point remué ; mes draps eux-mêmes ne portaient pas de taches. Je m'élançai vers ma table. Les linges enfermant les bouteilles étaient demeurés immaculés. Je déliai les cordons, en palpitant de crainte. On avait bu toute l'eau ! on avait bu tout le lait ! Ah ! mon Dieu !...

Je vais partir tout à l'heure pour Paris.

12 juillet. — Paris. J'avais donc perdu la tête les jours derniers ! J'ai dû être le jouet de mon imagination énervée, à moins que je ne sois vraiment somnambule, ou que j'aie subi une de ces influences constatées, mais inexplicables jusqu'ici, qu'on appelle suggestions. En tout cas, mon affolement touchait à la démence, et vingt-quatre heures de Paris ont suffi pour me remettre d'aplomb.

Hier, après des courses et des visites, qui m'ont fait passer dans l'âme de l'air nouveau et vivifiant, j'ai fini ma soirée au Théâtre-Français. On y jouait une pièce d'Alexandre Dumas fils ; et cet esprit alerte et puissant a achevé de me guérir[1]. Certes, la solitude est dangereuse pour les intelligences qui travaillent. Il nous faut autour de nous, des hommes qui pensent et qui parlent. Quand nous sommes seuls longtemps, nous peuplons le vide de fantômes.

Je suis rentré à l'hôtel très gai, par les boulevards. Au coudoiement de la foule, je songeais, non sans ironie, à mes terreurs, à mes suppositions de l'autre semaine, car j'ai cru, oui, j'ai cru qu'un être invisible habitait sous mon toit. Comme notre tête est faible et s'effare, et s'égare vite, dès qu'un petit fait incompréhensible nous frappe !

Au lieu de conclure par ces simples mots : « Je ne comprends pas parce que la cause m'échappe », nous imaginons aussitôt des mystères effrayants et des puissances surnaturelles.

14 juillet. — Fête de la République. Je me suis promené par les rues. Les pétards et les drapeaux m'amusaient comme un enfant. C'est pourtant fort bête d'être joyeux, à date fixe, par décret du gouvernement[2]. Le peuple est un troupeau imbécile, tantôt stupidement patient et tantôt férocement révolté. On lui dit : « Amuse-toi. » Il s'amuse. On lui dit : « Va te battre avec le voisin. » Il va se battre. On lui dit : « Vote pour l'Empereur. » Il vote pour l'Empereur. Puis, on

lui dit : « Vote pour la République. » Et il vote
pour la République.

Ceux qui le dirigent sont aussi sots ; mais au
lieu d'obéir à des hommes, ils obéissent à des
principes, lesquels ne peuvent être que niais, sté-
riles et faux, par cela même qu'ils sont des principes, c'est-à-dire des idées réputées certaines
et immuables, en ce monde où l'on n'est sûr de
rien, puisque la lumière est une illusion, puisque
le bruit est une illusion.

16 juillet. — J'ai vu hier des choses qui m'ont
beaucoup troublé.

Je dînais chez ma cousine, Mme Sablé, dont le
mari commande le 76e chasseurs à Limoges. Je
me trouvais chez elle avec deux jeunes femmes,
dont l'une a épousé un médecin, le docteur Parent,
qui s'occupe beaucoup des maladies nerveuses
et des manifestations extraordinaires auxquelles
donnent lieu en ce moment les expériences sur
l'hypnotisme et la suggestion[1].

Il nous raconta longtemps les résultats prodi-
gieux obtenus par des savants anglais et par les
médecins de l'école de Nancy.

Les faits qu'il avança me parurent tellement
bizarres, que je me déclarai tout à fait incrédule.

« Nous sommes, affirmait-il, sur le point de
découvrir un des plus importants secrets de la
nature, je veux dire, un de ses plus importants
secrets sur cette terre ; car elle en a certes d'autrement importants, là-bas, dans les étoiles. Depuis
que l'homme pense, depuis qu'il sait dire et écrire
sa pensée, il se sent frôlé par un mystère impé-

nétrable pour ses sens grossiers et imparfaits,
et il tâche de suppléer, par l'effort de son intelligence, à l'impuissance de ses organes. Quand
cette intelligence demeurait encore à l'état rudi-
mentaire, cette hantise des phénomènes invisibles
a pris des formes banalement effrayantes. De là
sont nées les croyances populaires au surnaturel, les légendes des esprits rôdeurs, des fées, des
gnomes, des revenants, je dirai même la légende
de Dieu, car nos conceptions de l'ouvrier-créateur,
de quelque religion qu'elles nous viennent, sont
bien les inventions les plus médiocres, les plus
stupides, les plus inacceptables sorties du cerveau
apeuré des créatures. Rien de plus vrai que cette
parole de Voltaire : "Dieu a fait l'homme à son
image, mais l'homme le lui a bien rendu[1]."

« Mais, depuis un peu plus d'un siècle, on
semble pressentir quelque chose de nouveau.
Mesmer et quelques autres nous ont mis sur une
voie inattendue, et nous sommes arrivés vraiment, depuis quatre ou cinq ans surtout, à des
résultats surprenants. »

Ma cousine, très incrédule aussi, souriait. Le
docteur Parent lui dit : « Voulez-vous que j'essaie
de vous endormir, madame ?

— Oui, je veux bien. »

Elle s'assit dans un fauteuil et il commença à
la regarder fixement en la fascinant. Moi, je me
sentis soudain un peu troublé, le cœur battant,
la gorge serrée. Je voyais les yeux de Mme Sablé
s'alourdir, sa bouche se crisper, sa poitrine
haleter.

Au bout de dix minutes, elle dormait.

« Mettez-vous derrière elle », dit le médecin.

Et je m'assis derrière elle. Il lui plaça entre les mains une carte de visite en lui disant : « Ceci est un miroir ; que voyez-vous dedans ? »

Elle répondit :

« Je vois mon cousin.

— Que fait-il ?

— Il se tord la moustache.

— Et maintenant ?

— Il tire de sa poche une photographie.

— Quelle est cette photographie ?

— La sienne. »

C'était vrai ! Et cette photographie venait de m'être livrée, le soir même, à l'hôtel.

« Comment est-il sur ce portrait ?

— Il se tient debout avec son chapeau à la main. »

Donc elle voyait dans cette carte, dans ce carton blanc, comme elle eût vu dans une glace.

Les jeunes femmes, épouvantées, disaient : « Assez ! Assez ! Assez ! »

Mais le docteur ordonna : « Vous vous lèverez demain à huit heures ; puis vous irez trouver à son hôtel votre cousin, et vous le supplierez de vous prêter cinq mille francs que votre mari vous demande et qu'il vous réclamera à son prochain voyage. »

Puis il la réveilla.

En rentrant à l'hôtel, je songeais à cette curieuse séance et des doutes m'assaillirent, non point sur l'absolue, sur l'insoupçonnable bonne foi de ma cousine, que je connaissais comme une sœur, depuis l'enfance, mais sur une supercherie possible du docteur. Ne dissimulait-il pas dans sa main une glace qu'il montrait à la jeune femme endormie, en même temps que sa carte de visite ? Les prestidigitateurs de profession font des choses autrement singulières.

Je rentrai donc et je me couchai.

Or, ce matin, vers huit heures et demie, je fus réveillé par mon valet de chambre, qui me dit :

« C'est Mme Sablé qui demande à parler à monsieur tout de suite. »

Je m'habillai à la hâte et je la reçus.

Elle s'assit fort troublée, les yeux baissés, et, sans lever son voile, elle me dit :

« Mon cher cousin, j'ai un gros service à vous demander.

— Lequel, ma cousine ?

— Cela me gêne beaucoup de vous le dire, et pourtant, il le faut. J'ai besoin, absolument besoin, de cinq mille francs.

— Allons donc, vous ?

— Oui, moi, ou plutôt mon mari, qui me charge de les trouver. »

J'étais tellement stupéfait, que je balbutiais mes réponses. Je me demandais si vraiment elle ne s'était pas moquée de moi avec le docteur Parent, si ce n'était pas là une simple farce préparée d'avance et fort bien jouée.

Mais, en la regardant avec attention, tous mes doutes se dissipèrent. Elle tremblait d'angoisse, tant cette démarche lui était douloureuse, et je compris qu'elle avait la gorge pleine de sanglots.

Je la savais fort riche et je repris :

« Comment ! Votre mari n'a pas cinq mille francs

à sa disposition ! Voyons, réfléchissez. Êtes-vous
sûre qu'il vous a chargée de me les demander ? »

Elle hésita quelques secondes comme si elle eût
fait un grand effort pour chercher dans son sou-
venir, puis elle répondit :

« Oui…, oui… j'en suis sûre.

— Il vous a écrit ? »

Elle hésita encore, réfléchissant. Je devinai le
travail torturant de sa pensée. Elle ne savait pas.
Elle savait seulement qu'elle devait m'emprunter
cinq mille francs pour son mari. Donc elle osa
mentir.

« Oui, il m'a écrit.

— Quand donc ? Vous ne m'avez parlé de rien,
hier.

— J'ai reçu sa lettre ce matin.

— Pouvez-vous me la montrer ?

— Non… non… non… elle contenait des
choses intimes… trop personnelles… je l'ai… je
l'ai brûlée.

— Alors, c'est que votre mari fait des dettes. »

Elle hésita encore, puis murmura :

« Je ne sais pas. »

Je déclarai brusquement :

« C'est que je ne puis disposer de cinq mille
francs en ce moment, ma chère cousine. »

Elle poussa une sorte de cri de souffrance.

« Oh ! oh ! je vous en prie, je vous en prie,
trouvez-les… »

Elle s'exaltait, joignait les mains comme si elle
m'eût prié ! J'entendais sa voix changer de ton ;
elle pleurait et bégayait, harcelée, dominée par
l'ordre irrésistible qu'elle avait reçu.

« Oh ! oh ! je vous en supplie… si vous saviez comme je souffre… il me les faut aujourd'hui. »

J'eus pitié d'elle.

« Vous les aurez tantôt, je vous le jure. »

Elle s'écria :

« Oh ! merci ! merci ! Que vous êtes bon. »

Je repris : « Vous rappelez-vous ce qui s'est passé hier chez vous ?

— Oui.

— Vous rappelez-vous que le docteur Parent vous a endormie ?

— Oui.

— Eh bien, il vous a ordonné de venir m'emprunter ce matin cinq mille francs, et vous obéissez en ce moment à cette suggestion. »

Elle réfléchit quelques secondes et répondit :

« Puisque c'est mon mari qui les demande. »

Pendant une heure, j'essayai de la convaincre, mais je n'y pus parvenir.

Quand elle fut partie, je courus chez le docteur. Il allait sortir ; et il m'écouta en souriant. Puis il dit :

« Croyez-vous maintenant ?

— Oui, il le faut bien.

— Allons chez votre parente. »

Elle sommeillait déjà sur une chaise longue, accablée de fatigue. Le médecin lui prit le pouls, la regarda quelque temps, une main levée vers ses yeux qu'elle ferma peu à peu sous l'effort insoutenable de cette puissance magnétique.

Quand elle fut endormie :

« Votre mari n'a plus besoin de cinq mille francs. Vous allez donc oublier que vous avez prié

votre cousin de vous les prêter, et, s'il vous parle
de cela, vous ne comprendrez pas. »

Puis il la réveilla. Je tirai de ma poche un por-
tefeuille :

« Voici, ma chère cousine, ce que vous m'avez
demandé ce matin. »

Elle fut tellement surprise que je n'osai pas
insister. J'essayai cependant de ranimer sa
mémoire, mais elle nia avec force, crut que je me
moquais d'elle, et faillit, à la fin, se fâcher.

. . . .

Voilà ! Je viens de rentrer ; et je n'ai pu déjeuner, tant cette expérience m'a bouleversé.

19 juillet. — Beaucoup de personnes à qui j'ai
raconté cette aventure se sont moquées de moi. Je
ne sais plus que penser. Le sage dit : Peut-être ?

21 juillet. — J'ai été dîner à Bougival, puis j'ai
passé la soirée au bal des canotiers. Décidément,
tout dépend des lieux et des milieux. Croire au surnaturel dans l'île de la Grenouillère, serait le comble
de la folie... mais au sommet du mont Saint-
Michel ?... mais dans les Indes ? Nous subissons
effroyablement l'influence de ce qui nous entoure.
Je rentrerai chez moi la semaine prochaine.

30 juillet. — Je suis revenu dans ma maison
depuis hier. Tout va bien.

2 août. — Rien de nouveau ; il fait un temps

superbe. Je passe mes journées à regarder couler la Seine.

4 août. — Querelles parmi mes domestiques. Ils prétendent qu'on casse les verres, la nuit, dans les armoires. Le valet de chambre accuse la cuisinière, qui accuse la lingère, qui accuse les deux autres. Quel est le coupable ? Bien fin qui le dirait ?

6 août. — Cette fois, je ne suis pas fou. J'ai vu... j'ai vu... j'ai vu !... Je ne puis plus douter... j'ai vu !... J'ai encore froid jusque dans les ongles... j'ai encore peur jusque dans les moelles... j'ai vu !...

Je me promenais à deux heures, en plein soleil, dans mon parterre de rosiers... dans l'allée des rosiers d'automne qui commencent à fleurir.

Comme je m'arrêtais à regarder un *géant des batailles*, qui portait trois fleurs magnifiques, je vis, je vis distinctement, tout près de moi, la tige d'une de ces roses se plier, comme si une main invisible l'eût tordue, puis se casser, comme si cette main l'eût cueillie ! Puis la fleur s'éleva, suivant la courbe qu'aurait décrite un bras en la portant vers une bouche, et elle resta suspendue dans l'air transparent, toute seule, immobile, effrayante tache rouge à trois pas de mes yeux.

Éperdu, je me jetai sur elle pour la saisir ! Je ne trouvai rien ; elle avait disparu. Alors je fus pris d'une colère furieuse contre moi-même ; car il n'est pas permis à un homme raisonnable et sérieux d'avoir de pareilles hallucinations.

Mais était-ce bien une hallucination ? Je me retournai pour chercher la tige, et je la retrouvai immédiatement sur l'arbuste, fraîchement brisée, entre les deux autres roses demeurées à la branche.

Alors, je rentrai chez moi l'âme bouleversée ; car je suis certain, maintenant, certain comme de l'alternance des jours et des nuits, qu'il existe près de moi un être invisible, qui se nourrit de lait et d'eau, qui peut toucher aux choses, les prendre et les changer de place, doué par conséquent d'une nature matérielle, bien qu'imperceptible pour nos sens, et qui habite comme moi, sous mon toit...

7 août. — J'ai dormi tranquille. Il a bu l'eau de ma carafe, mais n'a point troublé mon sommeil.

Je me demande si je suis fou. En me promenant, tantôt au grand soleil, le long de la rivière, des doutes me sont venus sur ma raison, non point des doutes vagues comme j'en avais jusqu'ici, mais des doutes précis, absolus. J'ai vu des fous ; j'en ai connu qui restaient intelligents, lucides, clairvoyants même sur toutes les choses de la vie, sauf sur un point. Ils parlaient de tout avec clarté, avec souplesse, avec profondeur, et soudain leur pensée, touchant l'écueil de leur folie, s'y déchirait en pièces, s'éparpillait et sombrait dans cet océan effrayant et furieux, plein de vagues bondissantes, de brouillards, de bourrasques, qu'on nomme « la démence ».

Certes, je me croirais fou, absolument fou, si je n'étais conscient, si je ne connaissais parfaitement mon état, si je ne le sondais en l'analysant avec une complète lucidité. Je ne serais donc, en somme, qu'un halluciné raisonnant. Un trouble inconnu se serait produit dans mon cerveau, un de ces troubles qu'essaient de noter et de préciser aujourd'hui les physiologistes ; et ce trouble aurait déterminé dans mon esprit, dans l'ordre et la logique de mes idées, une crevasse profonde. Des phénomènes semblables ont lieu dans le rêve qui nous promène à travers les fantasmagories les plus invraisemblables, sans que nous en soyons surpris, parce que l'appareil vérificateur, parce que le sens du contrôle est endormi ; tandis que la faculté imaginative veille et travaille. Ne se peut-il pas qu'une des imperceptibles touches du clavier cérébral se trouve paralysée chez moi ? Des hommes, à la suite d'accidents, perdent la mémoire des noms propres ou des verbes ou des chiffres, ou seulement des dates. Les localisations de toutes les parcelles de la pensée sont aujourd'hui prouvées. Or, quoi d'étonnant à ce que ma faculté de contrôler l'irréalité de certaines hallucinations, se trouve engourdie chez moi en ce moment !

Je songeais à tout cela en suivant le bord de l'eau. Le soleil couvrait de clarté la rivière, faisait la terre délicieuse, emplissait mon regard d'amour pour la vie, pour les hirondelles, dont l'agilité est une joie de mes yeux, pour les herbes de la rive, dont le frémissement est un bonheur de mes oreilles.

Peu à peu, cependant, un malaise inexplicable me pénétrait. Une force, me semblait-il, une force occulte m'engourdissait, m'arrêtait, m'empêchait d'aller plus loin, me rappelait en arrière. J'éprouvais ce besoin douloureux de rentrer qui vous oppresse, quand on a laissé au logis un malade aimé, et que le pressentiment vous saisit d'une aggravation de son mal.

Donc, je revins malgré moi, sûr que j'allais trouver, dans ma maison, une mauvaise nouvelle, une lettre ou une dépêche. Il n'y avait rien ; et je demeurai plus surpris et plus inquiet que si j'avais eu de nouveau quelque vision fantastique.

8 août. — J'ai passé hier une affreuse soirée. Il ne se manifeste plus, mais je le sens près de moi, m'épiant, me regardant, me pénétrant, me dominant et plus redoutable, en se cachant ainsi, que s'il signalait par des phénomènes surnaturels sa présence invisible et constante.

J'ai dormi, pourtant.

9 août. — Rien, mais j'ai peur.

10 août. — Rien ; qu'arrivera-t-il demain ?

11 août. — Toujours rien ; je ne puis plus rester chez moi avec cette crainte et cette pensée entrées en mon âme ; je vais partir.

12 août, 10 heures du soir. — Tout le jour j'ai voulu m'en aller ; je n'ai pas pu. J'ai voulu accomplir cet acte de liberté si facile, si simple, — sortir — monter dans ma voiture pour gagner Rouen — je n'ai pas pu. Pourquoi ?

13 août. — Quand on est atteint par certaines maladies, tous les ressorts de l'être physique semblent brisés, toutes les énergies anéanties, tous les muscles relâchés, les os devenus mous comme la chair et la chair liquide comme de l'eau. J'éprouve cela dans mon être moral d'une façon étrange et désolante. Je n'ai plus aucune force, aucun courage, aucune domination sur moi, aucun pouvoir même de mettre en mouvement ma volonté. Je ne peux plus vouloir ; mais quelqu'un veut pour moi ; et j'obéis.

14 août. Je suis perdu ! Quelqu'un possède mon âme et la gouverne ! quelqu'un ordonne tous mes actes, tous mes mouvements, toutes mes pensées. Je ne suis plus rien en moi, rien qu'un spectateur esclave et terrifié de toutes les choses que j'accomplis. Je désire sortir. Je ne peux pas. Il ne veut pas ; et je reste, éperdu, tremblant, dans le fauteuil où il me tient assis. Je désire seulement me lever, me soulever, afin de me croire maître de moi. Je ne peux pas ! Je suis rivé à mon siège ; et mon siège adhère au sol, de telle sorte qu'aucune force ne nous soulèverait.

Puis, tout d'un coup, il faut, il faut, il faut que j'aille au fond de mon jardin cueillir des fraises et les manger. Et j'y vais. Je cueille des fraises et je les mange ! Oh ! mon Dieu ! Mon Dieu ! Mon Dieu ! Est-il un Dieu ? S'il en est un, délivrez-moi, sauvez-moi ! secourez-moi ! Pardon ! Pitié ! Grâce ! Sauvez-moi ! Oh ! quelle souffrance ! quelle torture ! quelle horreur !

15 août. — Certes, voilà comment était possé-
dée et dominée ma pauvre cousine, quand elle est
venue m'emprunter cinq mille francs. Elle subis-
sait un vouloir étranger entré en elle, comme
une autre âme, comme une autre âme parasite et
dominatrice. Est-ce que le monde va finir ?

Mais celui qui me gouverne, quel est-il, cet invisible ? cet inconnaissable, ce rôdeur d'une race
surnaturelle ?

Donc les Invisibles existent ! Alors, comment
depuis l'origine du monde ne se sont-ils pas
encore manifestés d'une façon précise comme
ils le font pour moi ? Je n'ai jamais rien lu qui
ressemble à ce qui s'est passé dans ma demeure.
Oh ! si je pouvais la quitter, si je pouvais m'en
aller, fuir et ne pas revenir. Je serais sauvé, mais
je ne peux pas.

16 août. — J'ai pu m'échapper aujourd'hui
pendant deux heures, comme un prisonnier
qui trouve ouverte, par hasard, la porte de son
cachot. J'ai senti que j'étais libre tout à coup et
qu'il était loin. J'ai ordonné d'atteler bien vite et
j'ai gagné Rouen. Oh ! quelle joie de pouvoir dire
à un homme qui obéit : « Allez à Rouen ! »

Je me suis fait arrêter devant la bibliothèque
et j'ai prié qu'on me prêtât le grand traité du
docteur Hermann Herestauss[1] sur les habitants
inconnus du monde antique et moderne.

Puis, au moment de remonter dans mon coupé,
j'ai voulu dire : « À la gare ! » et j'ai crié, — je
n'ai pas dit, j'ai crié — d'une voix si forte que les
passants se sont retournés : « À la maison », et je

suis tombé, affolé d'angoisse, sur le coussin de ma voiture. Il m'avait retrouvé et repris.

17 août. — Ah ! Quelle nuit ! quelle nuit ! Et pourtant il me semble que je devrais me réjouir. Jusqu'à une heure du matin, j'ai lu ! Hermann Herestauss, docteur en philosophie et en théogonie, a écrit l'histoire et les manifestations de tous les êtres invisibles rôdant autour de l'homme ou rêvés par lui. Il décrit leurs origines, leur domaine, leur puissance. Mais aucun d'eux ne ressemble à celui qui me hante. On dirait que l'homme, depuis qu'il pense, a pressenti et redouté un être nouveau, plus fort que lui, son successeur en ce monde, et que, le sentant proche et ne pouvant prévoir la nature de ce maître, il a créé, dans sa terreur, tout le peuple fantastique des êtres occultes, fantômes vagues nés de la peur.

Donc, ayant lu jusqu'à une heure du matin, j'ai été m'asseoir ensuite auprès de ma fenêtre ouverte pour rafraîchir mon front et ma pensée au vent calme de l'obscurité.

Il faisait bon, il faisait tiède ! Comme j'aurais aimé cette nuit-là autrefois !

Pas de lune. Les étoiles avaient au fond du ciel noir des scintillements frémissants. Qui habite ces mondes ? Quelles formes, quels vivants, quels animaux, quelles plantes sont là-bas ? Ceux qui pensent dans ces univers lointains, que savent-ils plus que nous ? Que peuvent-ils plus que nous ? Que voient-ils que nous ne connaissons point ? Un d'eux, un jour ou l'autre, traversant l'espace, n'apparaîtra-t-il pas sur notre terre pour la conquérir, comme les Normands jadis traversaient la mer pour asservir des peuples plus faibles ?

Nous sommes si infirmes, si désarmés, si ignorants, si petits, nous autres, sur ce grain de boue qui tourne délayé dans une goutte d'eau.

Je m'assoupis en rêvant ainsi au vent frais du soir.

Or, ayant dormi environ quarante minutes, je rouvris les yeux sans faire un mouvement, réveillé par je ne sais quelle émotion confuse et bizarre. Je ne vis rien d'abord, puis, tout à coup, il me sembla qu'une page du livre resté ouvert sur ma table venait de tourner toute seule. Aucun souffle d'air n'était entré par ma fenêtre. Je fus surpris et j'attendis. Au bout de quatre minutes environ, je vis, je vis, oui, je vis de mes yeux une autre page se soulever et se rabattre sur la précédente, comme si un doigt l'eût feuilletée. Mon fauteuil était vide, semblait vide ; mais je compris qu'il était là, lui, assis à ma place, et qu'il lisait. D'un bond furieux, d'un bond de bête révoltée, qui va éventrer son dompteur, je traversai ma chambre pour le saisir, pour l'étreindre, pour le tuer !... Mais mon siège, avant que je l'eusse atteint, se renversa comme si on eût fui devant moi... ma table oscilla, ma lampe tomba et s'éteignit, et ma fenêtre se ferma comme si un malfaiteur surpris se fût élancé dans la nuit, en prenant à pleines mains les battants.

Donc, il s'était sauvé ; il avait eu peur, peur de moi, lui !

Alors... alors... demain... ou après... ou un jour quelconque, je pourrai donc le tenir sous mes poings, et l'écraser contre le sol ! Est-ce que les chiens, quelquefois, ne mordent point et n'étranglent pas leurs maîtres ?

18 août. — J'ai songé toute la journée. Oh ! oui, je vais lui obéir, suivre ses impulsions, accomplir toutes ses volontés, me faire humble, soumis, lâche. Il est le plus fort. Mais une heure viendra...

19 août. — Je sais... je sais... je sais tout ! Je viens de lire ceci dans la *Revue du Monde scientifique* : « Une nouvelle assez curieuse nous arrive de Rio de Janeiro. Une folie, une épidémie de folie, comparable aux démences contagieuses qui atteignirent les peuples d'Europe au Moyen Âge, sévit en ce moment dans la province de San-Paulo. Les habitants éperdus quittent leurs maisons, désertent leurs villages, abandonnent leurs cultures, se disant poursuivis, possédés, gouvernés comme un bétail humain par des êtres invisibles bien que tangibles, des sortes de vampires qui se nourrissent de leur vie, pendant leur sommeil, et qui boivent en outre de l'eau et du lait sans paraître toucher à aucun autre aliment.

« M. le professeur Don Pedro Henriquez, accompagné de plusieurs savants médecins, est parti pour la province de San-Paulo, afin d'étudier sur place les origines et les manifestations de cette surprenante folie, et de proposer à l'Empereur les mesures qui lui paraîtront les plus propres à rappeler à la raison ces populations en délire. »

Ah ! Ah ! je me rappelle, je me rappelle le beau trois-mâts brésilien qui passa sous mes fenêtres en remontant la Seine, le 8 mai dernier ! Je le trouvai si joli, si blanc, si gai ! L'Être était dessus, venant de là-bas, où sa race est née ! Et il m'a vu ! Il a vu ma demeure blanche aussi ; et il a sauté du navire sur la rive. Oh ! mon Dieu !

À présent, je sais, je devine. Le règne de l'homme est fini.

Il est venu, Celui que redoutaient les premières terreurs des peuples naïfs, Celui qu'exorcisaient les prêtres inquiets, que les sorciers évoquaient par les nuits sombres, sans le voir apparaître encore, à qui les pressentiments des maîtres passagers du monde prêtèrent toutes les formes monstrueuses ou gracieuses des gnomes, des esprits, des génies, des fées, des farfadets. Après les grossières conceptions de l'épouvante primitive, des hommes plus perspicaces l'ont pressenti plus clairement. Mesmer l'avait deviné et les médecins, depuis dix ans déjà, ont découvert, d'une façon précise, la nature de sa puissance avant qu'il l'eût exercée lui-même. Ils ont joué avec cette arme du Seigneur nouveau, la domination d'un mystérieux vouloir sur l'âme humaine, devenue esclave. Ils ont appelé cela magnétisme, hypnotisme, suggestion... que sais-je ? Je les ai vus s'amuser comme des enfants imprudents avec cette horrible puissance ! Malheur à nous ! Malheur à l'homme ! Il est venu, le... le... comment se nomme-t-il... le... il semble qu'il me crie son nom, et je ne l'entends pas... le... oui... il le crie... J'écoute... je ne peux pas... répète... le... Horla... J'ai entendu... le Horla... c'est lui... le Horla... il est venu !...

Ah ! le vautour a mangé la colombe ; le loup a mangé le mouton ; le lion a dévoré le buffle aux cornes aiguës ; l'homme a tué le lion avec la flèche, avec le glaive, avec la poudre ; mais le Horla va faire de l'homme ce que nous avons fait du cheval et du bœuf : sa chose, son serviteur et sa nourriture, par la seule puissance de sa volonté. Malheur à nous !

Pourtant, l'animal, quelquefois, se révolte et tue celui qui l'a dompté... moi aussi je veux... je pourrai... mais il faut le connaître, le toucher, le voir ! Les savants disent que l'œil de la bête, différent du nôtre, ne distingue point comme le nôtre... Et mon œil à moi ne peut distinguer le nouveau venu qui m'opprime...

Pourquoi ? Oh ! je me rappelle à présent les paroles du moine du mont Saint-Michel : « Est-ce que nous voyons la cent millième partie de ce qui existe ? Tenez, voici le vent qui est la plus grande force de la nature, qui renverse les hommes, abat les édifices, déracine les arbres, soulève la mer en montagnes d'eau, détruit les falaises et jette aux brisants les grands navires, le vent qui tue, qui siffle, qui gémit, qui mugit, l'avez-vous vu et pouvez-vous le voir : il existe pourtant ! »

Et je songeais encore : mon œil est si faible, si imparfait, qu'il ne distingue même point les corps durs, s'ils sont transparents comme le verre !... Qu'une glace sans tain barre mon chemin, il me jette dessus comme l'oiseau entré dans une chambre se casse la tête aux vitres. Mille choses en outre le trompent et l'égarent ? Quoi d'étonnant, alors, à ce qu'il ne sache point apercevoir un corps nouveau que la lumière traverse.

Un être nouveau ! pourquoi pas ? Il devait venir assurément ! pourquoi serions-nous les derniers ! Nous ne le distinguons point, ainsi que tous les autres créés avant nous ? C'est que sa nature est plus parfaite, son corps plus fin et plus fini que le nôtre, que le nôtre si faible, si maladroitement conçu, encombré d'organes toujours fatigués, toujours forcés comme des ressorts trop complexes, que le nôtre, qui vit comme une plante et comme une bête, en se nourrissant péniblement d'air, d'herbe et de viande, machine animale en proie aux maladies, aux déformations, aux putréfactions, poussive, mal réglée, naïve et bizarre, ingénieusement mal faite, œuvre grossière et délicate, ébauche d'être qui pourrait devenir intelligent et superbe.

Nous sommes quelques-uns, si peu sur ce monde, depuis l'huître jusqu'à l'homme. Pourquoi pas un de plus, une fois accomplie la période qui sépare les apparitions successives de toutes les espèces diverses ?

Pourquoi pas un de plus ? Pourquoi pas aussi d'autres arbres aux fleurs immenses, éclatantes et parfumant des régions entières ? Pourquoi pas d'autres éléments que le feu, l'air, la terre et l'eau ? — Ils sont quatre, rien que quatre, ces pères nourriciers des êtres ! Quelle pitié ! Pourquoi ne sont-ils pas quarante, quatre cents, quatre mille ! Comme tout est pauvre, mesquin, misérable ! avarement donné, sèchement inventé,

lourdement fait ! Ah ! l'éléphant, l'hippopotame,
que de grâce ! Le chameau, que d'élégance !

Mais direz-vous, le papillon ! une fleur qui vole !
J'en rêve un qui serait grand comme cent univers,
avec des ailes dont je ne puis même exprimer la
forme, la beauté, la couleur et le mouvement.
Mais je le vois… il va d'étoile en étoile, les rafraî-
chissant et les embaumant au souffle harmonieux
et léger de sa course !… Et les peuples de là-haut
le regardent passer, extasiés et ravis !…

. . . .

Qu'ai-je donc ? C'est lui, lui, le Horla, qui me
hante, qui me fait penser ces folies ! Il est en moi,
il devient mon âme ; je le tuerai !

19 août. — Je le tuerai. Je l'ai vu ! je me suis
assis hier soir, à ma table ; et je fis semblant
d'écrire avec une grande attention. Je savais bien
qu'il viendrait rôder autour de moi, tout près,
si près que je pourrais peut-être le toucher, le
saisir ? Et alors !… alors, j'aurais la force des
désespérés ; j'aurais mes mains, mes genoux, ma
poitrine, mon front, mes dents pour l'étrangler,
l'écraser, le mordre, le déchirer.

Et je le guettais avec tous mes organes surexcités.

J'avais allumé mes deux lampes et les huit bou-
gies de ma cheminée, comme si j'eusse pu, dans
cette clarté, le découvrir.

En face de moi, mon lit, un vieux lit de chêne à
colonnes ; à droite, ma cheminée ; à gauche, ma

porte fermée avec soin, après l'avoir laissée longtemps ouverte, afin de l'attirer ; derrière moi, une
très haute armoire à glace, qui me servait chaque
jour pour me raser, pour m'habiller, et où j'avais
coutume de me regarder, de la tête aux pieds,
chaque fois que je passais devant.

Donc, je faisais semblant d'écrire, pour le tromper, car il m'épiait lui aussi ; et soudain, je sentis,
je fus certain qu'il lisait par-dessus mon épaule,
qu'il était là, frôlant mon oreille.

Je me dressai, les mains tendues, en me tournant si vite que je faillis tomber. Et bien ?... on
y voyait comme en plein jour, et je ne me vis
pas dans ma glace[1] !... Elle était vide, claire, profonde, pleine de lumière ! Mon image n'était pas
dedans... et j'étais en face, moi ! Je voyais le grand
verre limpide du haut en bas. Et je regardais cela
avec des yeux affolés ; et je n'osais plus avancer,
je n'osais plus faire un mouvement, sentant bien
pourtant qu'il était là, mais qu'il m'échapperait
encore, lui dont le corps imperceptible avait
dévoré mon reflet.

Comme j'eus peur ! Puis voilà que tout à coup
je commençai à m'apercevoir dans une brume,
au fond du miroir, dans une brume comme à
travers une nappe d'eau ; et il me semblait que
cette eau glissait de gauche à droite, lentement,
rendant plus précise mon image, de seconde en
seconde. C'était comme la fin d'une éclipse. Ce
qui me cachait ne paraissait point posséder de
contours nettement arrêtés, mais une sorte de
transparence opaque, s'éclaircissant peu à peu.

Je pus enfin me distinguer complètement, ainsi que je le fais chaque jour en me regardant.

Je l'avais vu ! L'épouvante m'en est restée, qui me fait encore frissonner.

20 août. — Le tuer, comment ? puisque je ne peux l'atteindre ? Le poison ? mais il me verrait le mêler à l'eau ; et nos poisons, d'ailleurs, auraient-ils un effet sur son corps imperceptible ? Non... non... sans aucun doute... Alors ?... alors ?...

21 août. — J'ai fait venir un serrurier de Rouen, et lui ai commandé pour ma chambre des persiennes de fer, comme en ont, à Paris, certains hôtels particuliers, au rez-de-chaussée, par crainte des voleurs. Il me fera, en outre, une porte pareille. Je me suis donné pour un poltron, mais je m'en moque !...

. . . .

10 septembre. — Rouen, hôtel Continental. C'est fait... c'est fait... mais est-il mort ? J'ai l'âme bouleversée de ce que j'ai vu.

Hier donc, le serrurier ayant posé ma persienne et ma porte de fer, j'ai laissé tout ouvert jusqu'à minuit, bien qu'il commençât à faire froid.

Tout à coup, j'ai senti qu'il était là, et une joie, une joie folle m'a saisi. Je me suis levé lentement, et j'ai marché à droite, à gauche, longtemps pour qu'il ne devinât rien ; puis j'ai ôté mes bottines et mis mes savates avec négligence ; puis j'ai fermé ma persienne de fer, et revenant à pas tranquilles vers la porte, j'ai fermé la porte aussi à double tour. Retournant alors vers la fenêtre, je la fixai par un cadenas, dont je mis la clef dans ma poche.

Tout à coup, je compris qu'il s'agitait autour de moi, qu'il avait peur à son tour, qu'il m'ordonnait de lui ouvrir. Je faillis céder ; je ne cédai pas, mais m'adossant à la porte, je l'entrebâillai, tout juste assez pour passer, moi, à reculons ; et comme je suis très grand ma tête touchait au linteau. J'étais sûr qu'il n'avait pu s'échapper et je l'enfermai, tout seul, tout seul. Quelle joie ! Je le tenais ! Alors, je descendis, en courant ; je pris dans mon salon, sous ma chambre, mes deux lampes et je renversai toute l'huile sur le tapis, sur les meubles, partout ; puis j'y mis le feu, et je me sauvai, après avoir bien refermé, à double tour, la grande porte d'entrée.

Et j'allai me cacher au fond de mon jardin, dans un massif de lauriers. Comme ce fut long ! comme ce fut long ! Tout était noir, muet, immobile ; pas un souffle d'air, pas une étoile, des montagnes de nuages qu'on ne voyait point, mais qui pesaient sur mon âme si lourds, si lourds.

Je regardais ma maison, et j'attendais. Comme ce fut long ! Je croyais déjà que le feu s'était éteint tout seul, ou qu'il l'avait éteint, Lui, quand une des fenêtres d'en bas creva sous la poussée de l'incendie, et une flamme, une grande flamme rouge et jaune, longue, molle, caressante, monta le long du mur blanc et le baisa jusqu'au toit. Une lueur courut dans les arbres, dans les branches, dans les feuilles, et un frisson, un frisson de peur aussi. Les oiseaux se réveillaient ; un chien se mit à hurler ; il me sembla que le jour se levait ! Deux autres fenêtres éclatèrent aussitôt, et je vis que tout le bas de ma demeure n'était plus qu'un effrayant brasier. Mais un cri, un cri horrible, suraigu, déchirant, un cri de femme passa dans la nuit, et deux mansardes s'ouvrirent ! J'avais oublié mes domestiques ! Je vis leurs faces affolées, et leurs bras qui s'agitaient !...

Alors, éperdu d'horreur, je me mis à courir vers le village en hurlant : « Au secours ! au secours, au feu ! au feu ! » Je rencontrai des gens qui s'en venaient déjà et je retournai avec eux, pour voir !

La maison, maintenant, n'était plus qu'un bûcher horrible et magnifique, un bûcher monstrueux, éclairant toute la terre, un bûcher où brûlaient des hommes, et où il brûlait aussi, Lui, Lui, mon prisonnier, l'Être nouveau, le nouveau maître, le Horla !

Soudain le toit tout entier s'engloutit entre les murs, et un volcan de flammes jaillit jusqu'au ciel. Par toutes les fenêtres ouvertes sur la fournaise, je voyais la cuve de feu, et je pensais qu'il était là, dans ce four, mort...

« Mort ? Peut-être ?... Son corps ? son corps que le jour traversait n'était-il pas indestructible par les moyens qui tuent les nôtres ?

« S'il n'était pas mort ?... seul peut-être le temps a prise sur l'Être Invisible et Redoutable. Pourquoi ce corps transparent, ce corps inconnaissable, ce corps d'Esprit, s'il devait craindre, lui aussi, les maux, les blessures, les infirmités, la destruction prématurée ?

« La destruction prématurée ? toute l'épouvante humaine vient d'elle ! Après l'homme, le Horla. — Après celui qui peut mourir tous les jours, à toutes les heures, à toutes les minutes, par tous les accidents, est venu celui qui ne doit mourir qu'à son jour, à son heure, à sa minute, parce qu'il a touché la limite de son existence !

« Non... non... sans aucun doute, sans aucun doute... il n'est pas mort... Alors... alors... il va donc falloir que je me tue, moi !... »

. . . .

DOSSIER

CHRONOLOGIE

1850. Guy de Maupassant naît le 5 août, soit au château
de Miromesnil, près de Dieppe, soit à Fécamp. Mort
de Balzac. Seconde République : l'Assemblée légis-
lative, sous la présidence du prince Louis-Napoléon
Bonaparte, s'engage dans la voie d'une politique
réactionnaire.

1852. Publication en français des *Récits d'un chasseur*, de
Tourgueniev.

1856. Naissance du frère de Guy, Hervé. Ce qui ne sauve
pas le ménage des parents — père égoïste, léger,
faible, coureur, dépensier ; mère hypersensible,
autoritaire, qui se pique de littérature.

1857. *Les Fleurs du Mal. Madame Bovary*. Procès intentés,
pour immoralité, à Flaubert, puis à Baudelaire par
le gouvernement impérial.

1862. *Pères et fils*, de Tourgueniev. Apparition du mot
nihilisme.

1863. Ses parents se séparent. Mme de Maupassant se
retire aux Verguies, à Étretat, avec ses deux enfants.
Fin, pour le jeune Guy, de l'enfance libre et vaga-
bonde ; il entre au petit séminaire d'Yvetot. *Domi-
nique*, de Fromentin. *Vie de Jésus*, d'Ernest Renan.

1868. Guy fait sa rhétorique au collège impérial de Rouen.
Il a pour correspondant Louis Bouilhet, poète, ami
intime de Gustave Flaubert. C'est grâce à Bouilhet
que le jeune Maupassant va connaître Flaubert

et que Flaubert va devenir son « père littéraire ».
Alphonse Daudet publie *Le Petit Chose*.

1869. Flaubert publie *L'Éducation sentimentale*, Daudet,
Lettres de mon moulin, les Goncourt, *Madame Gervaisais*.

1870-1871. Guerre franco-allemande. Maupassant appartient à la classe 70. Il est versé dans l'Intendance à Rouen. Il assiste aux horreurs de la déroute. Il n'est démobilisé qu'en novembre 1871. Fin de l'Empire. Commune de Paris. *La Bonne Chanson*, de Paul Verlaine. *De l'Intelligence*, par H. Taine. Mort de Dickens.

1871-1872. Maupassant entre au ministère de la Marine, où il occupe une situation médiocre. Il trouve une compensation dans les exercices sportifs, en particulier dans le canotage sur la Seine. « Ma grande, ma seule, mon absorbante passion, pendant dix ans, ce fut la Seine. » Travaux littéraires sous la direction de Flaubert.

1873. Gouvernement de Mac-Mahon, dit « d'Ordre moral ». Maupassant brocarde « l'imbécillité solennelle de ce crétin ». Daudet publie *Contes du lundi*.

1875. Débuts littéraires. Un premier conte, « La Main d'écorché », paraît dans *L'Almanach lorrain* de Pont-à-Mousson. Quelques pièces de vers ici et là. Relations littéraires chez Flaubert, Guy rencontre Zola, Daudet, Edmond de Goncourt, Tourgueniev ; chez Catulle Mendès, Mallarmé et Villiers de l'Isle-Adam. Il fréquente chez la princesse Mathilde. Il participe au groupe qui se forme autour de Zola et qui sera à Médan. Zola : *La Faute de l'abbé Mouret*. La troisième République s'installe : lois constitutionnelles sur les pouvoirs publics.

1876. Premier repas Flaubert - Zola - Daudet, au Café Riche. Constitution du groupe dit « de Médan ».

1877. Maupassant souffre de troubles de santé. Cure aux eaux de Loëche dans le Valais. Flaubert : *Trois contes*. Goncourt : *La Fille Élisa*.

1878. Le 18 décembre, il donne sa démission du ministère

de la Marine puis, grâce à Flaubert, entre à celui de l'Instruction publique. Il déteste ce métier de gratte-papier ; il espère avec impatience le jour où il pourra « claquer la porte ».

1879. Débuts au théâtre : Maupassant fait jouer un acte, *Histoire du vieux temps*. Démission de Mac-Mahon. Fin de l'Ordre moral. *Nana*, de Zola.

1880. 16 avril : *Les Soirées de Médan* ; Maupassant a donné *Boule de suif* ; admiration de Flaubert ; grand succès. 25 avril : *Des vers*, recueil poétique. 8 mai : mort de Flaubert, foudroyé par l'apoplexie ; immense chagrin de Maupassant. Juin : Maupassant enfin « claque la porte », il quitte l'administration. Septembre : voyage en Corse. Premiers « mardis » chez Mallarmé. Dostoïevski : *Les Frères Karamazov*. Le 14 juillet devient fête nationale. Loi d'amnistie : retour des anciens communards. Décrets sur l'expulsion des jésuites.

1881. Maupassant est lancé. Il entre au *Gaulois*, à *Gil Blas*, au *Figaro*, à *L'Écho de Paris*. Intense activité journalistique qui va nourrir son œuvre. Mai : *La Maison Tellier*, recueil de contes. Voyage en Afrique du Nord (Tunisie, Algérie). Loi sur la liberté de la presse. Après de nouvelles élections législatives, ministère Gambetta. A. France : *Le Crime de Sylvestre Bonnard*. P. Verlaine : *Sagesse*. Ibsen : *Les Revenants*. Renoir achève *Le Déjeuner des canotiers*. Manet commence *Le Bar des Folies-Bergère*.

1882. Nouveau recueil de contes, *Mademoiselle Fifi*. Voyage estival en Bretagne. Loi organisant l'enseignement primaire. Mort de Gambetta. Krach de l'Union générale. Constitution de la Triple-Alliance. Déroulède fonde la Ligue des Patriotes. Koch découvre le bacille de la tuberculose, Pasteur découvre la vaccination anticharbonneuse, Charcot commence ses cours à la Salpêtrière. Henri Becque : *Les Corbeaux*.

1883. Premier roman : *Une vie*, d'abord publié en feuilleton dans *Gil Blas*, du 27 février au 6 avril. Juin : *Contes de la Bécasse*. Maupassant a fait construire

La Guillette sur la route de Criquetot, près d'Étretat. Mort de Tourgueniev, de Manet, de Wagner. Renan : *Souvenirs d'enfance et de jeunesse*. Nietzsche : *Ainsi parlait Zarathoustra*. Villiers de l'Isle-Adam : *Contes cruels*. Ministère Jules Ferry : guerre du Tonkin.

1884. Travail intense. En janvier : un récit de voyages, *Au soleil* ; en avril : un autre recueil de contes, *Clair de lune* ; en juillet, autre recueil, *Miss Harriet*, et encore un autre recueil, *Les Sœurs Rondoli*. En préface à la publication des lettres de Flaubert à George Sand, il écrit une étude sur Flaubert. Début des troubles nerveux (maux de tête, irritabilité, angoisses). Il assiste aux cours de Charcot à la Salpêtrière. Verlaine : *Jadis et naguère*. Daudet : *Sapho*. Huysmans : *À Rebours*. Ibsen : *Le Canard sauvage*. Massenet : *Manon*. Loi sur les syndicats ouvriers. Premier ballon dirigeable du capitaine Renard.

1885. Trois recueils de contes : *Yvette, Contes du jour et de la nuit, Toine*. Mai : *Bel-Ami*, publié en feuilleton dans *Gil Blas*, du 6 avril au 30 mai. Maupassant déménage de la rue Dulong à la rue de Montchanin (aujourd'hui rue Jacques-Bingen), dans le quartier de la plaine Monceau. Appartement cossu. Printemps : voyage en Italie, en Sicile. Été : cure à Châtelguyon. Zola : *Germinal*. Jules Laforgue : *Les Complaintes*. Paul Bourget : *Cruelle énigme*. Pasteur découvre le vaccin contre la rage. Aux élections d'octobre, recul des républicains mais renforcement du groupe radical avec Clemenceau. Jules Grévy est réélu président de la République. Construction du viaduc de Garabit par Eiffel. Ouverture du grenier des Goncourt. Mort de Jules Vallès et de Victor Hugo.

1886. Toujours des contes : « Monsieur Parent », « La Petite Roque », **« Le Horla » (première version)**. Court séjour en Angleterre. Navigation sur le voilier *Bel-Ami*. Vie trépidante : Maupassant s'épuise. Pierre Loti : *Pêcheur d'Islande*. Rimbaud : *Illuminations*. Drumont : *La France juive*. Moréas : *Manifeste symboliste*. Nietzsche : *Par-delà le bien et le mal*. Eugène de

Vogüé : *Le Roman russe*. Dernière exposition des impressionnistes ; Seurat présente *La Grande Jatte*. Début de l'agitation boulangiste. Grève des mineurs de Decazeville (janvier-juin).

1887. Un roman, *Mont-Oriol*, publié en feuilleton, dans *Gil Blas*, du 23 décembre 1886 au 6 février 1887. **Un recueil de contes, en mai, *Le Horla***, qui donne son nom à un aérostat dans lequel Maupassant fait une expédition largement commentée dans la presse. Octobre en Algérie. Zola : *La Terre*. Manifeste antinaturaliste des Cinq. Mallarmé : *Poésies*. Fondation du Théâtre-Libre d'Antoine. Strindberg : *Père*. Sadi Carnot président de la République après la démission de Jules Grévy bousculé par des scandales. Affaire Schnæbelé : tension franco-allemande.

1888. Un roman : *Pierre et Jean*, publié en feuilleton dans *La Nouvelle Revue*, du 1er décembre 1887 au 1er janvier 1888, et précédé d'une étude sur « Le Roman ». Un deuxième journal de voyage : *Sur l'eau*. Un autre recueil de contes, *Le Rosier de Madame Husson*. Voyage en Tunisie dans l'hiver 1888-1889. Les troubles s'aggravent. Van Gogh peint *Les Tournesols*. Barrès : *Sous l'œil des Barbares*. Développement du mouvement boulangiste. Avènement de Guillaume II. Fondation de l'Institut Pasteur.

1889. Contes : notamment « La Main gauche ». Roman : *Fort comme la mort*. Agonie de son frère Hervé, victime de la folie. Croisière sur *Bel-Ami II* en Italie. Maux de tête et d'yeux insupportables. Zola : *La Bête humaine*. Barrès : *Un homme libre*. Claudel : *Tête d'Or*. Bourget : *Le Disciple*. Maeterlinck : *La Princesse Maleine*. D'Annunzio : *Le Plaisir*. Bergson : *Essai sur les données immédiates de la conscience*. Fin de l'agitation boulangiste : élections favorables aux républicains. Exposition universelle de Paris, avec la tour Eiffel.

1890. Récit de voyages : *La Vie errante*. Dernier recueil de contes : *L'Inutile Beauté*. Dernier roman : *Notre cœur*, paru en feuilleton dans *La Revue des Deux*

Mondes de mai et de juin. Dernière pièce de théâtre : *Musotte*. Déménagement vers la rue du Boccador dans le quartier des Champs-Élysées. Tentative de cure à Aix-les-Bains, Plombières, Gérardmer. Tentatives de repos à Cannes, à Alger. Fondation du Théâtre d'Art par Paul Fort. Renan : *L'Avenir de la science*. William James : *Principes de psychologie*. Mort de Van Gogh.

1891. Cures à Divonne et à Champel-les-Bains. Maupassant s'acharne au travail. Il commence *L'Âme étrangère, L'Angélus*. Zola : *L'Argent*. Gide : *Les Cahiers d'André Walter*. Barrès : *Le Jardin de Bérénice*. Troubles sociaux, fusillade de Fourmies.

1892. 1er janvier : tentative de suicide. 7 janvier : folie, internement dans la clinique du docteur Blanche à Passy. Pierre Loti : *Fantôme d'Orient*. France : *L'Étui de nacre*. Claudel : *La Jeune Fille Violaine*.

1893. Mort de Maupassant (6 juillet). Il a quarante-trois ans. Inhumation le 8 au cimetière du Montparnasse. Mallarmé : *Vers et prose*.

1899. *Le Père Milon*, recueil posthume de contes non encore repris en volume.

1908-1910. Édition par Pol Neveux à la librairie Conard des *Œuvres complètes* de Maupassant.

BIBLIOGRAPHIE

ŒUVRES DE MAUPASSANT

Contes et nouvelles, édition de Louis Forestier, Gallimard, Bibliothèque de la Pléiade, 1974 et 1979, 2 vol. ; réimpression revue et corrigée, 2013.

Romans, édition de Louis Forestier, Gallimard, Bibliothèque de la Pléiade, 1987.

Chroniques, 10/18, 1980, 3 vol.

Correspondance, édition de Jacques Suffel, Évreux, Le Cercle du Bibliophile, 1973, 3 vol.

Le Horla et autres contes cruels et fantastiques, édition de Marie-Claire Bancquart, Garnier, 1976.

PRINCIPALES ÉTUDES

ARTINIAN, Artine, *Pour et contre Maupassant*, Nizet, 1955.

BOURGET, Paul, *Études et portraits*, III, Plon, 1906 ; *Nouvelles pages de critique et de doctrine*, I, Plon, 1922.

CASTELLA, Charles, *Structures romanesques et vision sociale chez G. de Maupassant*, Lausanne, L'Âge d'homme, 1972.

COGNY, Pierre, *Maupassant l'homme sans dieu*, Bruxelles, La Renaissance du livre, 1968.

DUMESNIL, René, *Guy de Maupassant*, Tallandier, 1947.

GERVEX, *Souvenirs*, Flammarion, 1924.

JOHNSTON, Marlo, *Guy de Maupassant*, biographie, Fayard, 2012.

LANOUX, Armand, *Maupassant le Bel-Ami*, Fayard, 1967.

LUMBROSO, Albert, *Souvenirs sur Maupassant*, Rome, Bocca, 1905.

MAYNIAL, Édouard, *La Vie et l'Œuvre de Guy de Maupassant*, Mercure de France, 1906.

MORAND, Paul, *Vie de Guy de Maupassant*, Flammarion, 1942.

SAVINIO, Alberto, *Maupassant et « l'Autre »*, Gallimard, 1977.

SCHMIDT, Albert-Marie, *Maupassant par lui-même*, Le Seuil, 1962.

TASSART, François, *Souvenirs sur Guy de Maupassant par François son valet de chambre*, Plon, 1911 ; *Nouveaux souvenirs intimes sur Guy de Maupassant*, présentation de Pierre Cogny, Nizet, 1962.

VIAL, André, *Guy de Maupassant et l'Art du roman*, Nizet, 1954 ; *Faits et significations* (contient plusieurs articles sur Maupassant), Nizet, 1973.

Numéros spéciaux de la revue *Europe*, juin 1969 et août-septembre 1993, consacrés à Maupassant.

Pour une bibliographie actualisée, voir *Maupassantiana*, site électronique (www.maupassantiana.fr) créé et mis à jour par Noëlle Benhamou.

MAUPASSANT ET LE FANTASTIQUE

AZAM, Dr. Eugène, *Hypnotisme, double conscience et altération de la personnalité*, avec une préface de J.-M. Charcot, Baillière et fils, 1887.

BANCQUART, Marie-Claire, *Maupassant conteur fantastique*, Archives des lettres modernes, Minard, 1976.

CASTEX, P.-G., *Le Conte fantastique en France de Nodier à Maupassant*, Corti, 1951 et 1971.

CHARCOT, J.-M., *Leçons sur les maladies du système nerveux*, A. Delahaye, 1885.

CHARCOT, J.-M., *L'Hystérie*, textes choisis et présentés par E. Trillat, Privat, 1971.

COGNY, Pierre, *Le Maupassant du Horla*, Lettres modernes Minard, 1970.

COGNY, Pierre, « Dix-neuf lettres inédites de Guy de Maupassant au docteur Grancher », R.H.L.F., mars-avril 1974.

ROPARS-WUILLEUMIER, Marie-Claire, « La lettre brûlée (écriture et folie dans *Le Horla*) », Colloque de Cerisy, *Le Naturalisme*, 10/18, 1978.

SAGNES, Guy, *L'Ennui dans la littérature française, de Flaubert à Laforgue*, Armand Colin, 1969.

NOTICE

Le recueil du *Horla* parut en 1887 (il est annoncé dans la *Bibliographie de la France* le 27 mai). La nouvelle elle-même avait connu une première version, qui se présente sous la forme d'un conte et fut publiée dans *Gil Blas* du 26 octobre 1886. On la trouvera ci-après, p. 73.

Comme nous l'avons dit dans la Préface, la victime du Horla est au point de départ un être parfaitement normal, solidement enraciné dans son passé, sa terre et son milieu : aucune faille, aucune tare héréditaire. D'autre part c'est un homme riche : il ne travaille pas, a de nombreux domestiques, dispose visiblement d'une belle fortune, comme le montre l'épisode parisien. La plupart des fous de Maupassant sont des bourgeois et même de grands bourgeois, ce qui montre qu'il doit peut-être moins qu'on ne l'a dit à Charcot, dont les malades sont toujours des gens de condition très modeste : blanchisseuses, magasiniers, serruriers, maçons et... un nombre considérable d'employés de chemin de fer. « Les neurasthéniques, disait Charcot, ne sont pas rares parmi les employés de chemin de fer. Notre voisine, la Compagnie des chemins de fer d'Orléans, nous fournit de nombreux clients » (J.-M. Charcot, *L'Hystérie*, textes choisis et présentés par E. Trillat, Privat, 1971, p. 128). Les « clients » de Charcot étaient aussi presque toujours des alcooliques ou des « dégénérés », souvent victimes d'un « shock [*sic*] nerveux », ce qui n'est pas le cas de notre héros.

LE HORLA

Première version

Le docteur Marrande, le plus illustre et le plus éminent des aliénistes, avait prié trois de ses confrères et quatre savants, s'occupant de sciences naturelles, de venir passer une heure chez lui, dans la maison de santé qu'il dirigeait, pour leur montrer un de ses malades.

Aussitôt que ses amis furent réunis, il leur dit : « Je vais vous soumettre le cas le plus bizarre et le plus inquiétant que j'aie jamais rencontré. D'ailleurs je n'ai rien à vous dire de mon client. Il parlera lui-même. » Le docteur alors sonna. Un domestique fit entrer un homme. Il était fort maigre, d'une maigreur de cadavre, comme sont maigres certains fous que ronge une pensée, car la pensée malade dévore la chair du corps plus que la fièvre ou la phtisie.

Ayant salué et s'étant assis, il dit :

*

Messieurs, je sais pourquoi on vous a réunis ici et je suis prêt à vous raconter mon histoire, comme m'en a prié mon ami le docteur Marrande. Pendant longtemps il m'a cru fou. Aujourd'hui il doute. Dans quelque temps, vous saurez tous que j'ai l'esprit aussi sain, aussi lucide, aussi clairvoyant que les vôtres, malheureusement pour moi, et pour vous, et pour l'humanité tout entière.

Mais je veux commencer par les faits eux-mêmes, par les faits tout simples. Les voici :

J'ai quarante-deux ans. Je ne suis pas marié, ma fortune est suffisante pour vivre avec un certain luxe. Donc j'habitais une propriété sur les bords de la Seine, à Biessard, auprès de Rouen. J'aime la chasse et la pêche. Or j'avais derrière moi, au-dessus des grands rochers qui dominaient ma maison, une des plus belles forêts de France, celle de Roumare, et devant moi un des plus beaux fleuves du monde.

Ma demeure est vaste, peinte en blanc à l'extérieur, jolie, ancienne, au milieu d'un grand jardin planté d'arbres magnifiques et qui monte jusqu'à la forêt, en escaladant les énormes rochers dont je vous parlais tout à l'heure.

Mon personnel se compose, ou plutôt se composait d'un cocher, un jardinier, un valet de chambre, une cuisinière et une lingère qui était en même temps une espèce de femme de charge. Tout ce monde habitait chez moi depuis dix à seize ans, me connaissait, connaissait ma demeure, le pays, tout l'entourage de ma vie. C'étaient de bons et tranquilles serviteurs. Cela importe pour ce que je vais dire.

J'ajoute que la Seine, qui longe mon jardin, est navigable jusqu'à Rouen, comme vous le savez sans doute ; et que je voyais passer chaque jour de grands navires soit à voile, soit à vapeur, venant de tous les coins du monde.

Donc, il y a eu un an à l'automne dernier, je fus pris tout à coup de malaises bizarres et inexplicables. Ce fut d'abord une sorte d'inquiétude nerveuse qui me tenait en éveil des nuits entières, une telle surexcitation que le moindre bruit me faisait tressaillir. Mon humeur s'aigrit. J'avais des colères subites inexplicables. J'appelai un médecin qui m'ordonna du bromure de potassium et des douches.

Je me fis donc doucher matin et soir, et je me mis à boire du bromure. Bientôt, en effet, je recommençai à dormir, mais d'un sommeil plus affreux que l'insomnie. À peine couché, je fermais les yeux et je m'anéantissais. Oui, je tombais dans le néant, dans un néant absolu, dans une mort de l'être entier dont j'étais tiré brusquement, horriblement par l'épouvantable sensation d'un poids écrasant sur ma poitrine, et d'une bouche qui mangeait ma vie, sur ma bouche. Oh ! ces secousses-là ! je ne sais rien de plus épouvantable.

Figurez-vous un homme qui dort, qu'on assassine, et qui se réveille avec un couteau dans la gorge ; et qui râle couvert de sang, et qui ne peut plus respirer, et qui va mourir, et qui ne comprend pas — voilà !

Je maigrissais d'une façon inquiétante, continue ; et je m'aperçus soudain que mon cocher, qui était fort gros, commençait à maigrir comme moi.

Je lui demandai enfin :

« Qu'avez-vous donc, Jean ? Vous êtes malade. »

Il répondit :

« Je crois bien que j'ai gagné la même maladie que monsieur. C'est mes nuits qui perdent mes jours. »

Je pensai donc qu'il y avait dans la maison une influence fiévreuse due au voisinage du fleuve et j'allais m'en aller pour deux ou trois mois, bien que nous fussions en pleine saison de chasse, quand un petit fait très bizarre, observé par hasard, amena pour moi une telle suite de découvertes invraisemblables, fantastiques, effrayantes, que je restai.

Ayant soif un soir, je bus un demi-verre d'eau et je remarquai que ma carafe, posée sur la commode en face de mon lit, était pleine jusqu'au bouchon de cristal.

J'eus, pendant la nuit, un de ces réveils affreux dont je viens de vous parler. J'allumai ma bougie, en proie à une épouvantable angoisse, et, comme je voulus boire de nouveau, je m'aperçus avec stupeur que ma carafe était vide. Je n'en pouvais croire mes yeux. Ou bien on était entré dans ma chambre, ou bien j'étais somnambule.

Le soir suivant, je voulus faire la même épreuve. Je fermai donc ma porte à clef pour être certain que personne ne pourrait pénétrer chez moi. Je m'endormis et je me réveillai comme chaque nuit. *On* avait bu toute l'eau que j'avais vue deux heures plus tôt.

Qui avait bu cette eau ? Moi, sans doute, et pourtant je me croyais sûr, absolument sûr, de n'avoir pas fait un mouvement dans mon sommeil profond et douloureux.

Alors j'eus recours à des ruses pour me convaincre que

je n'accomplissais point ces actes inconscients. Je plaçai un soir, à côté de la carafe, une bouteille de vieux bordeaux, une tasse de lait dont j'ai horreur, et des gâteaux au chocolat que j'adore.

Le vin et les gâteaux demeurèrent intacts. Le lait et l'eau disparurent. Alors, chaque jour, je changeai les boissons et les nourritures. Jamais *on* ne toucha aux choses solides, compactes, et *on* ne but, en fait de liquide, que du laitage frais et de l'eau surtout.

Mais ce doute poignant restait dans mon âme. N'était-ce pas moi qui me levais sans en avoir conscience, et qui buvais même les choses détestées, car mes sens engourdis par le sommeil somnambulique pouvaient être modifiés, avoir perdu leurs répugnances ordinaires et acquis des goûts différents.

Je me servis alors d'une ruse nouvelle contre moi-même. J'enveloppai tous les objets auxquels il fallait infailliblement toucher avec des bandelettes de mousseline blanche et je les recouvris encore avec une serviette de batiste.

Puis, au moment de me mettre au lit, je me barbouillai les mains, les lèvres et les moustaches avec de la mine de plomb.

À mon réveil, tous les objets étaient demeurés immaculés bien qu'on y eût touché, car la serviette n'était point posée comme je l'avais mise ; et, de plus, on avait bu de l'eau et du lait. Or ma porte fermée avec une clef de sûreté et mes volets cadenassés par prudence n'avaient pu laisser pénétrer personne.

Alors, je me posai cette redoutable question : Qui donc était là, toutes les nuits, près de moi ?

Je sens, messieurs, que je vous raconte cela trop vite. Vous souriez, votre opinion est déjà faite : « C'est un fou. » J'aurais dû vous décrire longuement cette émotion d'un homme qui, enfermé chez lui, l'esprit sain, regarde, à travers le verre d'une carafe, un peu d'eau disparue pendant qu'il a dormi. J'aurais dû vous faire comprendre cette torture renouvelée chaque soir et chaque matin, et cet invincible sommeil, et ces réveils plus épouvantables encore.

Mais je continue.

Tout à coup, le miracle cessa. *On* ne touchait plus à rien dans ma chambre. C'était fini. J'allais mieux, d'ailleurs. La gaieté me revenait, quand j'appris qu'un de mes voisins, M. Legite, se trouvait exactement dans l'état où j'avais été moi-même. Je crus de nouveau à une influence fiévreuse dans le pays. Mon cocher m'avait quitté depuis un mois, fort malade.

L'hiver était passé, le printemps commençait. Or, un matin, comme je me promenais près de mon parterre de rosiers, je vis, je vis distinctement, tout près de moi, la tige d'une des plus belles roses se casser comme si une main invisible l'eût cueillie ; puis la fleur suivit la courbe qu'aurait décrite un bras en la portant vers une bouche, et resta suspendue dans l'air transparent, toute seule, immobile, effrayante, à trois pas de mes yeux.

Saisi d'une épouvante folle, je me jetai sur elle pour la saisir. Je ne trouvai rien. Elle avait disparu. Alors, je fus pris d'une colère furieuse contre moi-même. Il n'est pas permis à un homme raisonnable et sérieux d'avoir de pareilles hallucinations !

Mais était-ce bien une hallucination ? Je cherchai la tige. Je la retrouvai immédiatement sur l'arbuste, fraîchement cassée, entre deux autres roses demeurées sur la branche ; car elles étaient trois que j'avais vues parfaitement.

Alors je rentrai chez moi, l'âme bouleversée. Messieurs, écoutez-moi, je suis calme ; je ne croyais pas au surnaturel, je n'y crois pas même aujourd'hui ; mais, à partir de ce moment-là, je fus certain, certain comme du jour et de la nuit, qu'il existait près de moi un être invisible qui m'avait hanté, puis m'avait quitté, et qui revenait.

Un peu plus tard j'en eus la preuve.

Entre mes domestiques d'abord éclataient tous les jours des querelles furieuses pour mille causes futiles en apparence, mais pleines de sens pour moi désormais.

Un verre, un beau verre de Venise se brisa tout seul, sur le dressoir de ma salle à manger, en plein jour.

Le valet de chambre accusa la cuisinière, qui accusa la lingère, qui accusa je ne sais qui.

Des portes fermées le soir étaient ouvertes le matin. On volait du lait, chaque nuit, dans l'office. — Ah !

Quel était-il ? De quelle nature ? Une curiosité énervée, mêlée de colère et d'épouvante, me tenait jour et nuit dans un état d'extrême agitation.

Mais la maison redevint calme encore une fois ; et je croyais de nouveau à des rêves quand se passa la chose suivante :

C'était le 20 juillet, à neuf heures du soir. Il faisait fort chaud ; j'avais laissé ma fenêtre toute grande, ma lampe allumée sur ma table, éclairant un volume de Musset ouvert à *La Nuit de Mai* ; et je m'étais étendu dans un grand fauteuil où je m'endormis.

Or, ayant dormi environ quarante minutes, je rouvris les yeux, sans faire un mouvement, réveillé par je ne sais quelle émotion confuse et bizarre. Je ne vis rien d'abord, puis tout à coup il me sembla qu'une page du livre venait de tourner toute seule. Aucun souffle d'air n'était entré par la fenêtre. Je fus surpris ; et j'attendis. Au bout de quatre minutes environ, je vis, je vis, oui, je vis, messieurs, de mes yeux, une autre page se soulever et se rabattre sur la précédente comme si un doigt l'eût feuilletée. Mon fauteuil semblait vide, niais je compris qu'il était là, *lui !* Je traversai ma chambre d'un bond pour le prendre, pour le toucher, pour le saisir, si cela se pouvait... Mais mon siège, avant que je l'eusse atteint, se renversa comme si on eût fui devant moi ; ma lampe aussi tomba et s'éteignit, le verre brisé : et ma fenêtre brusquement poussée comme si un malfaiteur l'eût saisie en se sauvant alla frapper sur son arrêt... Ah !

Je me jetai sur la sonnette et j'appelai. Quand mon valet de chambre parut, je lui dis :

« J'ai tout renversé et tout brisé. Donnez-moi de la lumière. »

Je ne dormis plus cette nuit-là. Et cependant j'avais pu encore être le jouet d'une illusion. Au réveil les sens demeurent troubles. N'était-ce pas moi qui avais jeté bas mon fauteuil et ma lumière en me précipitant comme un fou ?

Non, ce n'était pas moi ! je le savais à n'en point douter une seconde. Et cependant je le voulais croire.

Attendez. L'Être ! Comment le nommerai-je ? L'Invisible. Non, cela ne suffit pas. Je l'ai baptisé le Horla. Pourquoi ? Je ne sais point. Donc le Horla ne me quittait plus guère. J'avais jour et nuit la sensation, la certitude de la présence de cet insaisissable voisin, et la certitude aussi qu'il prenait ma vie, heure par heure, minute par minute.

L'impossibilité de le voir m'exaspérait et j'allumais toutes les lumières de mon appartement, comme si j'eusse pu, dans cette clarté, le découvrir.

Je le vis, enfin.

Vous ne me croyez pas. Je l'ai vu cependant.

J'étais assis devant un livre quelconque, ne lisant pas, mais guettant, avec tous mes organes surexcités, guettant celui que je sentais près de moi. Certes, il était là. Mais où ? Que faisait-il ? Comment l'atteindre ?

En face de moi mon lit, un vieux lit de chêne à colonnes. À droite ma cheminée. À gauche ma porte que j'avais fermée avec soin. Derrière moi une très grande armoire à glace qui me servait chaque jour pour me raser, pour m'habiller, où j'avais coutume de me regarder de la tête aux pieds chaque fois que je passais devant.

Donc je faisais semblant de lire, pour le tromper, car il m'épiait lui aussi ; et soudain je sentis, je fus certain qu'il lisait par-dessus mon épaule, qu'il était là, frôlant mon oreille.

Je me dressai, en me tournant si vite que je faillis tomber. Eh bien !... On y voyait comme en plein jour... et je ne me vis pas dans ma glace ! Elle était vide, claire, pleine de lumière. Mon image n'était pas dedans... Et j'étais en face... Je voyais le grand verre, limpide du haut en bas ! Et je regardais cela avec des yeux affolés, et je n'osais plus avancer, sentant bien qu'il se trouvait entre nous, lui, et qu'il m'échapperait encore, mais que son corps imperceptible avait absorbé mon reflet.

Comme j'eus peur ! Puis voilà que tout à coup je commençai à m'apercevoir dans une brume au fond du miroir, dans une brume comme à travers une nappe d'eau ; et il me semblait que cette eau glissait de gauche à droite, lentement, rendant plus précise mon image de seconde en seconde. C'était comme la fin d'une éclipse. Ce qui me cachait ne paraissait point posséder de contours nettement arrêtés, mais une sorte de transparence opaque s'éclaircissant peu à peu.

Je pus enfin me distinguer complètement ainsi que je fais chaque jour en me regardant.

Je l'avais vu. L'épouvante m'en est restée qui me fait encore frissonner.

Le lendemain j'étais ici, où je priai qu'on me gardât.

Maintenant, messieurs, je conclus.

Le docteur Marrande, après avoir longtemps douté, se décida à faire, seul, un voyage dans mon pays.

Trois de mes voisins, à présent, sont atteints comme je l'étais. Est-ce vrai ?

Le médecin répondit : « C'est vrai ! »

Vous leur avez conseillé de laisser de l'eau et du lait chaque nuit dans leur chambre pour voir si ces liquides disparaîtraient. Ils l'ont fait. Ces liquides ont-ils disparu comme chez moi ?

Le médecin répondit avec une gravité solennelle : « Ils ont disparu. »

Donc, messieurs, un Être, un Être nouveau, qui sans doute se multipliera bientôt comme nous nous sommes multipliés, vient d'apparaître sur la terre.

Ah ! vous souriez ! Pourquoi ? parce que cet Être demeure invisible. Mais notre œil, messieurs, est un organe tellement élémentaire qu'il peut distinguer à peine ce qui est indispensable à notre existence. Ce qui est trop petit lui échappe, ce qui est trop grand lui échappe, ce qui est trop loin lui échappe. Il ignore les milliards de petites bêtes qui vivent dans une goutte d'eau. Il ignore les habitants, les plantes et le sol des étoiles voisines ; il ne voit pas même le transparent.

Placez devant lui une glace sans tain parfaite, il ne la distinguera pas et nous jettera dessus, comme l'oiseau pris dans une maison qui se casse la tête aux vitres. Donc, il ne voit pas les corps solides et transparents qui existent pourtant ; il ne voit pas l'air dont nous nous nourrissons, ne voit pas le vent qui est la plus grande force de la nature, qui renverse les hommes, abat les édifices, déracine les arbres, soulève la mer en montagnes d'eau qui font crouler les falaises de granit.

Quoi d'étonnant à ce qu'il ne voie pas un corps nouveau, à qui manque sans doute la seule propriété d'arrêter les rayons lumineux.

Apercevez-vous l'électricité ? Et cependant elle existe !

Cet être, que j'ai nommé le Horla, existe aussi.

Qui est-ce ? Messieurs, c'est celui que la terre attend, après l'homme ! Celui qui vient nous détrôner, nous asservir, nous dompter, et se nourrir de nous peut-être, comme nous nous nourrissons des bœufs et des sangliers.

Depuis des siècles, on le pressent, on le redoute et on l'annonce ! La peur de l'Invisible a toujours hanté nos pères.

Il est venu.

Toutes les légendes des fées, des gnomes, des rôdeurs de l'air insaisissables et malfaisants, c'était de lui qu'elles parlaient, de lui pressenti par l'homme inquiet et tremblant déjà.

Et tout ce que vous faites vous-mêmes, messieurs, depuis quelques ans, ce que vous appelez l'hypnotisme, la suggestion, le magnétisme — c'est lui que vous annoncez, que vous prophétisez !

Je vous dis qu'il est venu. Il rôde inquiet lui-même comme les premiers hommes, ignorant encore sa force et sa puissance qu'il connaîtra bientôt, trop tôt.

Et voici, messieurs, pour finir un fragment de journal qui m'est tombé sous la main et qui vient de Rio de Janeiro. Je lis : « Une sorte d'épidémie de folie semble sévir depuis quelque temps dans la province de San-Paulo. Les habitants de plusieurs villages se sont sauvés abandonnant leurs terres et leurs maisons et se prétendant poursuivis et mangés par des vampires invisibles qui se nourrissent de leur souffle pendant leur sommeil et qui ne boiraient, en outre, que de l'eau, et quelquefois du lait ! »

J'ajoute : « Quelques jours avant la première atteinte

du mal dont j'ai failli mourir, je me rappelle parfaitement avoir vu passer un grand trois-mâts brésilien avec
son pavillon déployé... Je vous ai dit que ma maison est
au bord de l'eau... toute blanche... Il était caché sur ce
bateau sans doute... »

Je n'ai plus rien à ajouter, messieurs.

*

Le docteur Marrande se leva et murmura :

« Moi non plus. Je ne sais si cet homme est fou ou si
nous le sommes tous les deux..., ou si... si notre successeur est réellement arrivé. »

NOTES

Page 23.

1. Cette description reproduit exactement la topographie de la propriété de Flaubert à Croisset que dominait la forêt de Roumare dont il sera question plus loin. Maupassant l'a également évoquée dans plusieurs chroniques (ainsi « Flaubert et sa maison », *Gil Blas*, 24 novembre 1890), et c'est là un des aspects les plus troublants de l'histoire du « Horla » : pourquoi ce rapport, presque cette identification, avec Flaubert ? Non moins troublant est le fait que le journal du « Horla » commence un 8 mai et que Flaubert est mort le 8 mai 1880.

Page 24.

1. Selon Louis Forestier, « Maupassant transpose librement ce qui se pratiquait à l'époque du choléra (en août et septembre 1884) : des vaisseaux anglais servaient de relais aux navires mis en quarantaine et entraient notamment au Havre ». Ils n'allaient cependant pas jusqu'à Croisset. Quant au « blanc » du trois-mâts brésilien, c'est un peu celui d'un vaisseau fantôme ou de la baleine de *Moby Dick*.

Page 25.

1. Cette idée que l'imperfection de nos sens est la seule barrière qui nous sépare du surnaturel est constante chez Maupassant. Elle est longuement développée dans la pre-

mière version du « Horla » (voir p. 73) et dans un récit de 1885, « Lettre d'un fou ».

Page 28.

1. *La Bouille* : un village en aval de Rouen, sur la rive gauche de la Seine.

Page 29.

1. Le *Mont-Saint-Michel*, « ce château de fées planté dans la mer », apparaît déjà dans un conte de 1882, « La Légende du Mont-Saint-Michel ».

Page 34.

1. Étrange, chez notre extraterrestre, ce goût du lait et cette horreur du vin.

Page 35.

1. Maupassant et *Dumas fils* se connaissaient fort bien et, comme le note Louis Forestier, la pièce en question était peut-être *Denise*, qui fut reprise à la Comédie-Française le 22 septembre 1886.

2. Le *14 juillet* avait été décrété fête nationale en 1880 par la nouvelle majorité républicaine de la Chambre. La remarque sur la bêtise « d'être joyeux, à date fixe, par décret du gouvernement » est fréquente chez les conservateurs de l'époque et l'on peut voir par tout ce passage que Maupassant n'était pas précisément démocrate et n'avait aucune sympathie pour les hommes politiques de son temps. Maupassant était plus ou moins ce que l'on a appelé depuis un anarchiste de droite.

Page 36.

1. Sur Charcot et l'hypnose, voir la Préface. L'école anglaise était celle du docteur J. Braid dont la *Neurypnology* avait paru en 1843. L'école de Nancy, celle du docteur Liébault et, à l'époque de Maupassant, de Bernheim et Baunis, ne pratiquait pas le « grand hypnotisme » théâtral cher à Charcot mais le « petit hypnotisme » qui, note Marie-Claire Bancquart, « moins spectaculaire et, si l'on peut dire, plus maniable était à l'honneur dans les salons ».

Page 37.

1. Cette phrase du *Sottisier* (XXXII) est déjà citée dans « La Légende du Mont-Saint-Michel ».

Page 48.

1. *Herestauss* ? Peut-être, comme le suggère Marie-Claire Bancquart, « Herr » (monsieur) et « aus » (hors de), donc : l'homme d'ailleurs, un autre Horla. De toute manière, les « grands traités » sont régulièrement attribués par les Français du XIXe siècle à des savants allemands au nom barbare.

Page 56.

1. *Je ne me vis pas dans ma glace* : Maupassant a déjà rapporté ce type d'hallucination négative dans « Lettre d'un fou » (1885). On peut imaginer que lui-même en a été victime.

DU MÊME AUTEUR

CLAIR DE LUNE. *Édition présentée et établie par Marie-Claire Bancquart.*

LA MAIN GAUCHE. *Édition présentée et établie par Marie-Claire Bancquart.*

LES SŒURS RONDOLI. *Édition présentée et établie par Marie-Claire Bancquart.*

LE PÈRE MILON. *Édition présentée et établie par Marie-Claire Bancquart.*

LE COLPORTEUR. *Édition présentée et établie par Marie-Claire Bancquart.*

Récits de voyage

SUR L'EAU. *Édition présentée et établie par Jacques Dupont.*

AU SOLEIL *suivi de* LA VIE ERRANTE ET AUTRES VOYAGES. *Édition présentée et établie par Marie-Claire Bancquart.*

Nouvelles isolées

BOULE DE SUIF. *Édition établie et présentée par Louis Forestier.*

LA MAISON TELLIER. *Édition établie et présentée par Louis Forestier.*

LE HORLA. *Édition présentée par André Fermigier.*

LA PETITE ROQUE. *Édition présentée par André Fermigier.*

LE ROSIER DE MADAME HUSSON. *Édition présentée et établie par Louis Forestier.*

YVETTE. *Édition présentée et établie par Louis Forestier.*

Onze nouvelles thématiques

LES PROSTITUÉES. *Préface de Daniel Grojnowski. Édition de Louis Forestier.*

COLLECTION FOLIO